dtv

W0208267

Zürichsee im Vorfrühling 1986. Ein erfolgreiches Leben soll gewaltsam beendet werden. Begründung: Ausweglosigkeit. Da sabotieren ein paar Minuten Musik die Vollstreckung. Es beginnt eine Flucht ins Leben hinein. Ein Barpianist lotst den Mann, den Schumanns Träumerei rettete, auf eine Reise in die Vergangenheit – zu dem angstvoll gehüteten Geheimnis eines Jahrhundertpianisten.

Lea Singer, 1960 in München geboren, studierte Kunstgeschichte, Gesang, Musik- und Literaturwissenschaft. Sie lebt in München und wurde mit dem Hannelore-Greve-Literaturpreis, dem Schwabinger Kunstpreis und dem Bodensee-Literaturpreis ausgezeichnet.

Lea Singer

Der Klavierschüler

Roman

dtv

Von Lea Singer ist bei dtv außerdem lieferbar:
Wahnsinns Liebe (13434)
Das nackte Leben (21022)
Vier Farben der Treue (21154)
Konzert für die linke Hand (21323)
Der Opernheld (21568)
Anatomie der Wolken (21666)
Die Poesie der Hörigkeit (21769)

Ausführliche Informationen über unsere Autorinnen und Autoren und ihre Bücher finden Sie unter www.dtv.de

FSC www.fsc.org
MIX
Papier aus verantwortungsvollen Quellen
FSC® C019821

2021 dtv Verlagsgesellschaft mbH & Co. KG, München
Lizenzausgabe mit freundlicher Genehmigung des Kampa Verlags

Umschlaggestaltung: Lübbeke Naumann Thoben, Köln nach einer Vorlage von Beth Steidle/New Vessel Press
Satz: C.H.Beck.Media.Solutions, Nördlingen
Satz nach einer Vorlage von Tristan Walkhoefer
Druck und Bindung: Druckerei C.H.Beck, Nördlingen
Gedruckt auf säurefreiem, chlorfrei gebleichtem Papier
Printed in Germany · ISBN 978-3-423-14793-4

I

Wir sollten aufhören, über ihn zu reden, sagte der Mann auf dem Beifahrersitz, als er die Autotür öffnete. Sonst sind wir außerstande, unseren Auftrag auszuführen.

Du hast recht, sagte der hinter dem Steuer. Wir sollten damit aufhören.

Dann standen sie beide neben dem Wagen, einer rechts, einer links davon, und schauten hinunter zum Haus, seinem Haus. Es lag direkt am rechten Ufer des Zürichsees, dem besonnten Ufer, ziemlich in der Mitte, Gemeinde Meilen. Der See streckte sich reglos aus, die Bäume waren nackt, all das Bunte der warmen Jahreszeiten war weggewischt. Es war trocken, hell war es nicht, aber die Reinheit blendete; beide konnten den Blick nicht wenden.

Orson Welles hat seine Geliebte Rita Hayworth den Freunden schlafend in seinem Bett vorgeführt, sagte der Mann vom Fahrersitz. Schlafend, nackt, unfrisiert, ungeschminkt. Er wollte, dass die Schönheit seines Besitzes ihnen die Sprache verschlug. Und alle packte der Neid. Alle wollten so etwas haben.

Und – was hat es ihm letztlich geholfen?, fragte der Beifahrer.

Wem geholfen? Sprichst du von Orson Welles oder von ihm?

Von ihm. Orson Welles starb meines Wissens eines natürlichen Todes.

Sie starrten schweigend auf den See und das Haus am Ufer, zur Landseite hin eine gestreifte Festung aus Travertin und Granit. Lange zweieinhalb Stunden waren sie von Ascona, ihrem letzten Auftrag, durch Straßengischt unterwegs gewesen, zweieinhalb Stunden, in denen es nur um ihn gegangen war. Sie kannten die Stationen seines Lebens, als wären sie die Strecke täglich mit der Straßenbahn abgefahren. Diese Strecke aber hatte kein Gleis. Ein Woher, kein Wohin. Sein Leben sei nur eine Flucht gewesen, hatte er selbst einmal gesagt. Wer es von außen kannte, verstand das nicht. Der Aufstieg des Reto Donati war einer für das Musterbuch, gradlinig hatte er von ganz unten nach ganz oben geführt, ohne den kleinsten Knacks. Vom Kind zweier Tessiner, Maronibrater hießen sie damals, nach dem Krieg auf Arbeitssuche hergezogen, Eineinhalbzimmerwohnung mit Bad-Küche im Zürcher Kreis 4, Klo auf der Treppe, Mutter Kunststopferin, Vater Hilfsgärtner, aufgestiegen zum Einserjuristen, welterfahrenen Diplomaten und nun zum designierten Spitzenkandidaten für das höchste Amt im Bundesgericht.

Beide Männer zogen mit der gleichen Bewegung ihr graues Jackett nach unten. Beide rückten mit der gleichen Bewegung ihre Krawatte zurecht. Sie trugen Hemden in demselben Märzhimmelblau, obwohl sie sich nicht verabredet hatten. Dann fassten beide gleichzeitig mit der rechten Hand an ihre linke Brusttasche. Der Fahrer spürte, was in solchen Fällen zur Standardausrüstung gehörte. Der Beifahrer spürte den daumenlangen Zylinder. Braunes Glas, weiße Kunststoffkappe, weißes Etikett. Pentobarbital-Natrium. Lösliches Pulver. Nur zu Händen des Arztes. Bei Raumtemperatur lichtgeschützt lagern.

Der Inhalt würde reichen, um drei Menschen umzubringen.

Die Blicke der beiden Männer ertappten einander über dem Autodach beim Zittern. Vier Ohren hörten, was keiner sagte.

Warum bist du so nervös?

Beide hatten sie Erfahrung. Sie wussten: Man konnte die Uhr stellen. Es dauerte immer zwischen 30 und 35 Minuten. Keiner hatte bisher verweigert, das Glas zu leeren. Manche hatten gezögert, manche mussten noch einen Satz loswerden wie: Okay, let's go.

Aber sein Fall war neuartig. Erklärte das ihre Hemmungen? Mitleid hemmte sie nicht, Mitleid hatte bei ihren Erledigungen nichts zu suchen; das war Sache der Familienangehörigen, sofern es welche gab. Sie als Ausführende mussten sogar verhindern, dass nur die geringste Dosis Mitleid in sie einsickerte. Das hätte ihre gesamte Organisation in Misskredit gebracht.

Von außen betrachtet waren alle Bedingungen erfüllt, die Aktion durchzuziehen.

Er war sich seiner Entscheidungen voll bewusst gewesen und hatte keineswegs aus dem Affekt heraus gehandelt.

Es war allein sein Entschluss gewesen.

Es gab keine Dritten, die ihn beeinflusst hätten.

Doch sein Beweggrund war ein anderer als bei allen anderen. Oberflächlich betrachtet, war es der gleiche. Aber unter der Oberfläche fehlte das Fleisch, das Fassbare.

Vom Haus herauf war der Schlag einer Standuhr zu hören. Sie kannten die Standuhr, ein Erbstück von den Tessiner Großeltern, eigentlich den Urgroßeltern, nicht schön, nur alt; ein Hilfeschrei nach Gemütlichkeit, die der Hausherr sich sonst untersagt hatte. Die Schläge waren genau zu hören, offenbar stand ein Fenster offen. Beim elften Schlag setzten sich die beiden in Bewegung. Nebeneinander gingen sie die Treppe durch den Garten hinab, im Takt der verklungenen Schläge. Ein japanischer Garten, der mit Kies und Moos und seinen kriechenden, krüppeligen Nadelhölzern fremdelte mit dieser Umgebung.

Als der Beifahrer den Finger auf den Chromknopf neben der Haustür legte, bemerkte er, dass die nur angelehnt war. Wollte er es ihnen leichter machen? Oder sich selbst? Wollte er das Ganze beschleunigen?

Es roch unbewohnt. Ich bin ungern hier. In Venedig fiele es mir leichter, hatte er gesagt.

Das kümmerte die beiden nicht, durfte sie gar nicht kümmern. Hier, auf Schweizer Boden, musste der Weitgereiste sterben, andernfalls würde es Ärger geben. Nicht nur für sie beide, für ihre ganze Organisation, die seit ihrer Gründung vor vier Jahren diskret und fehlerfrei Auftrag für Auftrag erledigt hatte.

Sie kannten das Haus von ihrem letzten Besuch. Es war ein absolutes Haus, das Unordnung, Schmutz und Abnutzung nicht kannte.

Der Tisch in der Mitte des Esszimmers glänzte schwarz und nackt. Die Tür zum Schlafzimmer nebenan stand halb offen. Das Bett gähnte weiß und leer. Das Wohnzimmer wirkte wie aus einer Designmöbelausstellung, keinerlei Spuren von Leben auf dem weißen Leder.

Die beiden hätten es sich sparen können, die übrigen zwanzig Türen zu öffnen und in die übrigen zwanzig Räume zu starren. Beim Öffnen der ersten drei, vier Türen geisterte in ihnen noch die Vorstellung herum, auf seine Leiche zu stoßen, von der Decke baumelnd, vor blutverspritzter Wand auf dem Boden liegend, in rotem Badewasser dümpelnd. Aber bald wusste etwas in ihnen, dass er nicht da war. Ob er sich davongemacht hatte oder davongeschafft worden war und vor allem wie und wohin, dafür gab es auf den ersten Blick keine Indizien. Keine Notiz, kein Abschiedsbrief, keine Anzeichen von Eindringlingen.

Seine beiden Wagen hatten Seeblick. Durch das Garagenfenster war zu erkennen: Sie standen trocken da, und die Genien über dem Kühlergrill strahlten frisch poliert.

Die beiden gingen ins Haus zurück. Es musste sich irgendein Hinweis finden, was sich geändert hatte, unerwartet geändert hatte im Leben des Kandidaten. Ihn so zu bezeichnen, hätten die beiden geschmacklos gefunden; Ars M. nannte sich ihre Organisation, das verriet Anspruch, man sprach von Klienten.

Obwohl sie das ganze Haus absuchten, entdeckten sie

nichts, das etwas über den Verbleib des Kandidaten verraten hätte. Blieb ihnen nun nur, eine beiden völlig unbekannte Frage zu beantworten: Sollten sie die Haustür nach ihrem Weggang verschließen? Damit versperrten sie sich selbst den Zugang für eine spätere Recherche.

Welche Personen gab es außerhalb ihres Vereins, die sein Verschwinden früher oder später feststellen mussten? Seiner Haushaltshilfe hatte er gekündigt, das war ihnen bekannt, auch, dass er keine Geschwister, keine Frau, keine Kinder hatte. Sich zu vermehren, sagte er, sei ihm immer absurd erschienen.

Sollten sie die Polizei verständigen? Sie ausgerechnet.

Es war der Beifahrer, der es schließlich bemerkte, beim dritten oder vierten Rundgang durchs Haus. Eigentlich machte dieses Haus ihre Beharrlichkeit überflüssig. Winkel und Verstecke gab es hier nicht. Selbst die Bücher, schwere Kunstbände vor allem, standen Spalier in den Regalen, nach Größe sortiert, jedes gleich weit von der Regalkante entfernt, genauso die Schallplatten. Erst bei diesem letzten Rundgang fiel dem Beifahrer im Wohnzimmer die schwarze Vinylscheibe auf dem Plattenspieler auf. Die Hülle war dahinter an die Wand gelehnt.

Kinderszenen, op. 15 von Robert Schumann. Die erste hieß Von fremden Ländern und Menschen. Angekreuzt war die mittlere: Nr. 7, Träumerei, F-Dur. 3:01 stand dahinter. Insgesamt betrug die Spielzeit der Kinderszenen 17 Minuten, 41 Sekunden. Zu kurz, dachte er.

Stumm gingen die beiden zum Ausgang, ließen die Tür ins Schloss fallen, verließen den Garten und machten sich auf den Weg nach Zürich. Erst als sie im Stau vor der Stadteinfahrt zum Stehen kamen, entwich dem Körper des Beifahrers ein Ächzen.

Eigentlich bin ich froh, sagte er.

Es wird dumme Fragen geben, sagte der Fahrer.

Trotzdem, eigentlich bin ich froh, wiederholte der Beifahrer. Mir war unwohl bei der Sache.

Mir auch, sagte der Fahrer und dachte an die Papiere in seiner linken Brusttasche.

Er sah seine rechte Hand, wie sie Haken in die Kästchen gesetzt hatte, blaue Tintenhaken, mit denen er die Kontrolle aller wesentlichen Punkte bestätigte. Ein Haken hinter *Urteilsfähigkeit*, ein Haken hinter *Wohlerwogenheit*, ein Haken hinter *Autonomie*, ein Haken hinter *Beständigkeit des Wunsches*, ein Haken hinter *Handlungsfähigkeit*. Und er sah seine Hand dann, wie sie zögerte, auf der Folgeseite den Haken hinter die drei nächsten Punkte zu setzen oder wenigstens hinter einen davon: *Hoffnungslose Prognose*, *unerträgliche Beschwerden* oder *unzumutbare Behinderung*.

Es ist eine Krankheit zum Tode, hatte der Fünfundvierzigjährige gesagt. So wird sie ganz offiziell genannt. Vergessen Sie Ihre Skrupel. Sie helfen mir wie jedem anderen, mit Würde auszusteigen.

Und als er bemerkte, dass die Hand des Schreibers noch immer zauderte, hatte er mit geschlossenen Augen zu reden begonnen. Ganz sachlich, die Stimme unbewegt, der Tonfall monoton, hatte er beschrieben, welche Möglichkeiten ihm sonst blieben.

Möglichkeit 1: vom Turm des Münsters zu springen, wie sein Vater, schlimmstenfalls beim Sturz andere zu töten, die nicht vorhatten zu sterben, bestenfalls als Knochensplitterfleischmasse auf dem Asphalt zu kleben. Möglichkeit 2: selbst beschafftes Gift zu schlucken, mit dem hohen Risiko, gerettet zu werden, wie seine Mutter nach dem Tod ihres Ehemanns, die danach noch drei Jahre dahinvegetierte, unfähig die Hand zu heben, mit der sie gemäß dem Verordnungspunkt *Handlungsfähigkeit* das Glas mit dem Erlösungscocktail hätte heben müssen.

Möglichkeit 3: sich an einem Dachbalken aufzuhängen, wie sein Onkel, und denjenigen, die ihn fanden, mit herausgequollener Zunge und blauem Gesicht ihr weiteres Dasein zu vergällen, weil dieses Bild sich über alle anderen legte.

Da hatte er einen Haken hinter *Hoffnungslose Prognose* gesetzt und neben dem Haken notiert: *Äußerst schwere, behandlungsresistente Depressivität. Wohl hereditär / siehe Anlage.* In der Anlage fand sich das Protokoll eines Psychiaters, der sämtliche handelsüblichen Antidepressiva an diesem Patienten ausgetestet hatte, ohne jeden Erfolg.

Zurück in Zürich, riefen sie umgehend einen Krisenstab zusammen. Zwei Stunden später verständigte der Beifahrer im Namen der Gesellschaft für Sterbehilfe Ars M. e.V. die Gemeindeverwaltung Meilen und die örtliche Polizeidienststelle. Drei Stunden später erbrach er in Anwesenheit eines Notars, eines Kriminalkommissars und eines Staatsanwalts das versiegelte Testament des Verschwundenen. Alleiniger Erbe war ein Mann mit türkischem Namen, wohnhaft in Berlin. Er würde das Erbe nicht antreten können, bevor der Tod des Erblassers aktenkundig war. Das war klar. Sonst nichts.

Ob sie diese drei Suizidfälle in der Familie überprüft hätten, wollte der Krisenstab von den arbeitslos gemachten Sterbehelfern wissen. Wieder trafen sich ihre Blicke, zitternd wie über dem Autodach.

Es dauerte nur ein paar Stunden, bis sie erfuhren: Vater mit 81 vor vier Jahren im katholischen Seniorenstift friedlich verstorben, Mutter vor zwei Jahren mit 72 ebenfalls dort, ebenfalls friedlich, der einzige Onkel war in den siebziger Jahren bei einem Autounfall in Süditalien ums Leben gekommen.

Der Psychiater, zugleich Psychoanalytiker, bestätigte, dass Reto Donati sein Patient gewesen und mit Psychopharmaka mediziert worden sei wegen anhaltender Depressionen. Nein, zu den Ursachen werde er sich nicht äußern, zumal der Exitus des Patienten noch nicht sicher sei.

Die gekündigte Haushaltshilfe zeigte sich hilfreicher. Falls es Sie interessiert, warum er mich entlassen hat: Dahinter steckt sie. Er hat ein Riesengeheimnis draus gemacht, aber er wollte heiraten. Woher? Ach, über eine Zeitungsannonce. Nein, erst vor ein paar Wochen. Hat mit seiner Kandidatur zu tun. Sie wissen ja: Ohne Frau bei den Konservativen …

II

Was die Bewohner vom Kreis 4 zusammenhielt, war der Aberglaube, der einzige gemeinsame Glaube: Jeder hier glaubte an Wunder. Vermutlich, weil ihnen nichts anderes übrigblieb, nachdem sich früher oder später der an die Gerechtigkeit erledigt hatte. Dass der Aberglaube nicht mit Millionen Kondomen, Jointfiltern, Kronkorken, künstlichen Fingernägeln, vom Teller gekratzten Spaghetti und schwarz geputzten Schaumstoffschwämmen im Müll gelandet war, hatte mit den Schutzengeln zu tun. Sie schwebten nicht über allen, sie lebten mitten unter den anderen vom Vieri das Wunder namens Erfolg. Da war einer, der es vom Psychiatriepfleger in Turnschuhen auf der geschlossenen Abteilung mit handbedruckten Seiden zum Liebling der Couturiers geschafft hatte, da gab es Künstler, die Kippen gesammelt hatten, deren Bilder nun Aktien waren, da waren Wirte, die aus den Bierkneipen und Hühnerbratereien der Eltern Restaurants gemacht hatten, wo sich Leute aus dem Kreis 1 vom Chauffeur vorfahren ließen und an einem Abend mehr Trinkgeld aufs Tischtuch legten, als die Großmutter in einem ganzen Monat an der Heißmangel verdient hatte.

Fast jeder, der im Vieri aufgewachsen war, kam irgendwann zurück, wenigstens auf Besuch, um zu schauen, ob der Wunderglaube dort noch immer wuchs, in den Hinterhöfen aus dem Beton zwischen rostigen Fahrrädern und Vespas, in den Rotlichtburgen aus den Bettritzen und vor den Wohnküchen aus den Rosmarintöpfen auf dem Fenstersims. Manche gaben zu, dass sie versucht hatten, den Vieri zu vergessen oder zu verleugnen, gelungen war es keinem.

Die einzige Pianobar im Kreis 4 lag an der Kanonengasse, und die Adresse schien ihr peinlich zu sein. Sie duckte sich eingeschossig hinter einem Mietshaus aus den Fünfzigern, pinkfarben angestrahlt, damit man ihre eigentliche Farbe nicht erkannte. Über dem Eingang verblasste der Schriftzug *Kohlehandlung Egger*.

Klaviere waren schon immer selten gewesen im Kreis 4, und wer keines kannte, der suchte auch keines. Warum in der ehemaligen Kohlehandlung eines stand, schwarz, gepflegt, gut gestimmt, *Ibach* stand in Goldschrift auf der Innenseite des Deckels, und wer es gespendet hatte, wusste keiner, aber als ein Exotikum half es beim Wunderglauben fast so gut wie eine Sternschnuppe.

Der Mann am Klavier saß mit dem Rücken zu den Gästen, einer Großfamilie aus Enttäuschten, die sich lieber nochmals enttäuschen lassen wollten, als den Glauben aufzugeben, diese Nacht werde sich ihnen etwas absolut Unerwartetes offenbaren.

Dass die meisten hinstarrten, als gegen Mitternacht ein Fremder hereinkam, entging dem Pianisten. Er blickte auf den Satinvorhang hinter dem Klavier. Beringte Hände mit langen glitzernden Fingernägeln teilten ihn und gaben den Blick frei auf einen Meter achtzig Sexappeal. Ihre Frisur stammte aus dem Hollywood der Sechziger, das Outfit mit Melone, Strapsen und High Heels in Schwarz aus den Siebzigern, die Figur aus dem Modelkatalog von heute. Bessere Beine hatte keine, Schulterpolster brauchte sie nicht. Ihre Stimme betörte mit Rauch und Metall und ihr Hüftschwung mit Lässigkeit. Als sie zum Schluss ein Lied über Tiger Lily brachte, jaulten die Gäste schon bei den ersten Takten auf.

Der Fremde hatte sich weit vorn an die Seite gesetzt, dorthin, wo es am dunkelsten war und der Blick auf den Rücken des Pianisten unverstellt. Auffallend gerade saß der vor den Tasten und auffallend ruhig. Seine Schultern blieben reglos, nur von den Ellenbogen bis zu den Fingern bewegte er sich. Für einen Barpianisten ungewöhnlich; auch dass er das Pedal nur sparsam bediente, nicht hämmerte oder mitsang. Sein Haar wurde vom Licht vergoldet, aber es war eindeutig weiß.

Als ihm eins der Sektgläser gereicht wurde, die der Fremde den beiden spendiert hatte, stand er auf, spähte blinzelnd in den Dämmer und lächelte verschwommen. Die starken Schneidezähne etwas vorstehend, der Mund geöffnet, ungewöhnlich voll und rosig für einen älteren Mann, sicher schon an die siebzig. Die hohen Wangenknochen traten, als er die Lippen auseinanderzog, hervor, die Augen wurden zu glitzernden Schlitzen. Er spielte allein weiter, verhaltener, als wollte er den Gästen das Zuhören freistellen. Keiner schaute mehr nach vorn, bis auf den Fremden. Tiger Lily kreuzte in der Bar auf, in Jeans, T-Shirt und Turnschuhen, und setzte sich direkt neben den Fremden, eine Bierflasche in der Hand. Im Bartschatten klebten noch Make-up-Reste, in die Stirn hatte die Monroe-Perücke eine Rille gedrückt. Neu hier?

Der Fremde blickte unverwandt auf den Rücken des Pianisten.

Sie haben mir Sekt spendiert. Beim Sprechen klang Tiger Lily baritonal. Jeder hier weiß, dass ich nach dem Singen nur das hier trinke. Er setzte die Flasche an. Der Fremde beugte sich vor. Tiger Lily nahm das Glas des Fremden, hielt es gegen das Bühnenlicht und stellte es wieder hin. Wasser! Wasser um Mitternacht! Sind Sie denn schon durch alle Feuchtgebiete vom Vieri gekrault? Das Schweigen des Fremden war glattledern wie seine Jacke. Der spielt zu gut für eine Spelunke wie die hier, oder?, stichelte Tiger Lily. Der Fremde beugte sich noch weiter vor. Lily beugte sich mit, sein Mund war nun nah am Ohr des Fremden. Mein Lied, das hat er komponiert, der kommt von Beethoven und dem ganzen Zeug.

Nach der zweiten Flasche Bier gab Tiger Lily auf. Den Kopf nach hinten über die Lehne gekippt, die langen Beine ausgestreckt, saß er da, als nun der Fremde ihn ansprach. Kann er Schumann?

Ob er was kann?

Schumann spielen. Die Träumerei. Fragen Sie ihn bitte, ob er die Träumerei von Schumann spielen kann.

Tiger Lily lümmelte sich in die Senkrechte, murmelte etwas von Nazifilmmusik und schlurfte Richtung Klavier.

Der Pianist blieb sitzen, fragte Tiger Lily offenbar etwas, fragte wohl auch nach; dass hier ein solches Stück gewünscht wurde, musste ihn verblüffen. Reglos verharrte er dann noch, als müsste er sich erst zurechtfinden, wandte sich jedoch nicht um. Er wollte also offenbar nicht wissen, von wem der Wunsch kam, dieser Wunsch aus einer anderen Welt.

Einen Besenstiel in der Hand, stellte sich Tiger Lily in den High Heels von vorher auf die Bühne und stieß wie ein Tambourmajor auf den Holzboden, bis der Lärm verebbte. Es verging eine lange halbe Minute, bis der Mann am Klavier begann.

Der Fremde saß da, ohne sich anzulehnen, die Lider geschlossen.

Zögernd stiegen Töne auf, wie eine Erinnerung an etwas Fernes, aber nie Vergessenes. Der Pianist schien weniger zu spielen, als zu sinnieren und dem nachzulauschen, was seine Finger da erweckten. Diese Musik passte nicht hierher. Doch sie war so leise, dass jeder hinhörte.

Keinem fiel auf, dass der Fremde weinte. Nach wenigen Minuten war alles vorübergezogen. Was nachklang, verbot für ein paar Atemzüge jedes Geräusch. Niemand applaudierte. Erst als der Pianist sich erhob und unsicher, als hätte ihn etwas aus dem Gleichgewicht gebracht, in die Richtung ging, wo Lily sich fläzte, begann es wieder zu lärmen.

Lily stand auf, drückte den Pianisten auf den freigewordenen Stuhl und schlackerte zum Stammtisch, hinter dem farbige Glühbirnen und Plastikrosen die Devotionalien berühmter Gäste rahmten.

Der Fremde saß zusammengesunken da. Seine Oberlippe bebte, sonst rührte sich nichts an ihm.

Das waren doch Sie, sagte der Pianist. Sie haben sich die Träumerei gewünscht, richtig?

Der Fremde wandte ihm sein Gesicht zu, ein olivfarbenes, verschlossenes Gesicht, soweit es bei der schlechten Beleuchtung zu erkennen war, ebenmäßig und unauffällig.

Wer sind Sie?, fragte der Fremde.

Der Pianist lächelte wieder auf diese Mädchenart, lockend und lieb. Wollen Sie wissen, wer ich bin oder wie ich heiße?

Der Fremde schwieg.

Antwort eins ist bei mir nie zufriedenstellend, ich weiß es nicht recht, keiner weiß es, vieles und irgendwie auch gar nichts. Also Antwort zwei: Kaufmann, Nico Kaufmann.

Die anderen waren zu sehr mit sich beschäftigt, als dass ihnen die stillen Männer an der dunkelsten Stelle der Bar aufgefallen wären.

Der Fremde hatte den Kopf wieder gesenkt, redete, aber mehr zu sich selbst. Das ist dreißig Jahre her mit der Träumerei, ja, es muss 1956 gewesen sein.

Sie also ein Teenager?

Fünfzehn, ich habe aber meistens behauptet, ich sei sechzehn, siebzehn. Mein Gott, so nah. Das ist die Musik – es ist Wahnsinn, so nah. Er verstummte. Madonna sang *Like A Virgin*. Kaufmann summte mit und wartete. Tiger Lily stellte zwei Gläser Rotwein auf den Tisch. Vom Haus, sagte er.

Der Fremde dankte nicht, trank nicht, umklammerte den Stiel seines Glases und schwieg weiter.

Als Kaufmann den Fremden fragte, was ihn hergeführt habe, in diese Gegend, in diese Bar, um diese Zeit, reagierte er nicht. Madonna sang noch immer *Like A Virgin*.

Kaufmann wiederholte seine Frage.

Der Fremde sah auf. Sind Sie katholisch?

Getauft, ja, sagte Kaufmann.

Todsünde, meine Mutter hat immer von sieben Todsünden geredet. Gibt es so etwas für Sie?

Darüber habe ich noch nie in einer Bar geredet. Kaufmann nahm den ersten Schluck Rotwein. Und wenn Sie darüber reden wollen, aber offenbar nichts trinken, er nahm den zweiten Schluck, warum gehen Sie in eine Bar?

Der Fremde rückte seinen Stuhl näher zu Kaufmann. Seit heute Mittag habe er in Zürich eine Pianobar gesucht, in der irgendwer Schumanns Träumerei spielen konnte. Die Zeit im Ausland, der Wohnsitz außerhalb, er kenne sich hier nicht mehr aus, habe sich durchgefragt, mühsam: Hotelbars, Szenebars, Cocktailbars mit einem Klavier? Die im Kreis 4 sei die achte oder neunte gewesen. Die letzte, die noch blieb.

Und warum musste es nach dreißig Jahren auf einmal dieses Stück sein, gerade drei Minuten lang, besser weniger?

Ich wollte ihm danken.

Kaufmann stutzte. Wem? Dem Pianisten von damals?

Nein, dem Stück, dem wollte ich danken. Ohne dieses Stück wäre ich jetzt seit … der Fremde schaute auf seine Uhr, seit vierzehn Stunden und dreißig, vielleicht vierzig Minuten tot.

Dann stand er auf.

Ich muss gehen, sagte er ruhig und zog den Reißverschluss seiner Jacke hoch.

Kaufmanns rechter Fuß war eingeschlafen. Trotzdem stand er ebenfalls auf.

Ich komme mit, sagte er.

III

Das Bettzeug war aus Frottee, bedruckt mit Zwergen. Bügelfrei, sagte Kaufmann. Meine Mutter hätte mich verstoßen. Nur reines Leinen, gestärkt, mit Monogramm. Er stand auf der einen Seite der Couch, der Fremde auf der anderen; gemeinsam zurrten sie ein Spannbetttuch über das Velourpolster mit Biedermeierstreifen.

Der Weg von der Bar in der Kanonengasse war nicht weit gewesen, zehn, zwölf Minuten waren sie durch die nasskalte Frühjahrsnacht gegangen. Kaufmann hatte es dem Fremden leicht gemacht. Er sei quasi frisch verwitwet und froh über Besuch, das Gästezimmer sei komfortabel. Doch während sie nebeneinander her spazierten, wurde ihm bewusst, dass die Zusage des Fremden, ein rasches, trockenes Ja, eigentlich nicht zu ihm passte.

Dem Tod entronnen, so viel war klar, aber was für einem Tod? Bei einem Attentat, einem Unfall, einem Raubüberfall? Oder auf dem Operationstisch? Schwer vorzustellen außerdem, wie dabei die Träumerei ins Spiel gekommen war. Der Fremde übernachtete offenbar gern bei ihm, gratis natürlich. Doch seine Schuhe, seine Lederjacke, seine Uhr, was er am Körper trug, kostete mehr als eine Woche im Baur au Lac.

Erst als das große Kopfkissen, das kleine Kopfkissen

und die Steppdecke ebenfalls bezogen waren, sagte der Fremde: Danke.

Noch ein Glas Port oder Williamine?

Danke, nein, sagte der Fremde.

Ich hätte auch einen alten Zuger Kirsch.

Der Fremde schüttelte den Kopf.

Kaufmann fixierte ihn über die Kinderbettwäsche hinweg, zum ersten Mal in dieser Nacht.

Der Fremde erwiderte den Blick. Es lag darin nichts Bedrohliches oder Unaufrichtiges, auch nichts Gehetztes oder Haltloses.

Schrecklich daran war nur eins: diese Ruhe, nach dem, was gewesen war.

Gelassen sagte der Fremde: Gute Nacht. Folgsam schloss Kaufmann die Tür des Gästezimmers hinter sich.

Nico Kaufmann hatte einen Schlaf, um den ihn alle anderen in seinem Alter beneideten; ganz gleich was er gegessen hatte, selbst nach einer Schwerarbeiterportion Rösti oder Raclette, sobald er sich hinlegte, war er weg und schlief durch bis zum nächsten Morgen. Jetzt starrte er um halb zwei Uhr früh an die Decke. Unverdaut lag der Satz des Fremden in seinem Magen. *Ohne dieses Stück wäre ich jetzt seit vierzehn Stunden und dreißig, vielleicht vierzig Minuten tot.* Ihn fror. Es musste dem Fremden doch bewusst sein, dass seinen Gastgeber dieser Satz umtrieb. In Kaufmanns Besorgnis knisterte Misstrauen. Vielleicht war sein Angebot mit dem Gästezimmer attraktiv, weil es anonym war. Dass er dem Gastgeber mit seiner Heimlichtuerei den Schlaf raubte, war dem

Gast offenbar egal. Aus dem Misstrauen begann Wut zu züngeln. Kaufmann war in Versuchung aufzustehen, am Zimmer nebenan zu klopfen und den Fremden wachzurütteln, falls er schlief.

Gastfreundschaft ist heilig, hörte er seine Mutter lächelnd sagen, wenn ein Gast eines ihrer gehüteten Kristallgläser mit Goldrand zerschlagen hatte. Dann eben nicht.

Da hörte er etwas anderes. Keinen Satz, ein Datum, das der Fremde an seine erste Begegnung mit der Träumerei geheftet hatte: vor dreißig Jahren, 1956.

Kaufmann zog seinen Morgenmantel an und schlich in seinen alten Seidenpantoffeln den Flur entlang ins Musikzimmer.

Er setzte sich nicht in den bequemen Sessel, sondern auf das hartgepolsterte Kirschholzsofa. Sein Blick fiel auf den Steinway-Flügel und das Schwarzweißfoto darauf im Silberrahmen, ein großes Foto, das einzige im Raum. Die handschriftliche Widmung über dem Autogramm kannte er auswendig.

Für Nico. Übung macht den Meister. Zum Künstler wird man nicht geboren, zum Künstler muss man sich erziehen. Das ist auch schon oft gesagt worden. Aber wenn man auf diesem Ohr nicht hört, dann viel Glück zur Fahrt in die brillante Mittelmäßigkeit.

1956, vor dreißig Jahren, hatte Nico Kaufmann, diplomierter Dirigent, diplomierter Pianist, diplomierter Komponist, jene Fahrt bereits beendet. Mit vierzig war er längst dort gelandet, in der brillanten Mittelmäßigkeit.

In der Pianobar des Grandhotel Baur au Lac konnte er

damit noch Eindruck schinden bei Gästen, die zu wenig verstanden von klassischer Musik. Wer etwas verstand, der mied die Pianobar oder genoss die brillante Mittelmäßigkeit als Schaumbad. Kaufmann war froh um das Honorar, das man ihm dort zahlte; was Barbesucher neben den Champagnergläsern auf dem Silbertablett liegen ließen, stockte es noch erheblich auf.

Seine Arrangements und Kompositionen von Bühnenmusiken, Tanzeinlagen und Couplets für Cabarets oder Privattheater brachten ihm zwar Freunde ein, sogar Kenner und Liebhaber, aber nicht ausreichend Bares. Im Baur au Lac behandelte man ihn pfleglich. Er kam an, dieser Barpianist, in Frack oder Dinnerjacket, Revers handpikiert, eine Nelke oder Gardenie im Knopfloch, Manieren eines Grandseigneurs, vollendeter Handkuss, gebildeter Small Talk, auch auf Französisch, und vor allem diese Unbeschwertheit. Sie fehlte anderen Barpianisten meistens. Kaufmann selbst kannte sie, die Kollegen, denen bei einem spendierten Getränk mühelos ein Lamento über die Ungerechtigkeit des Schicksals und all die Intrigen zu entlocken war, welche den Weg zu den Sternen verbarrikadiert hatten. Mozart kam oft drin vor und Seufzer wie: Hätte ich mit fünf Jahren …

Vater Kaufmann, Dr. med. Willy Kaufmann, praktischer Arzt sowie Freizeitkomponist von Soldatenliedern, hatte seinen Sohn Nico, als er sechs war, in ein Mozartkostüm gesteckt und öffentlich auftreten lassen. Als er neun war, hatte der Vater ihn zum Ausnahmetalent erklärt, als er mit zwölf ein Weihnachtslied komponierte und ein Jahr später zum Klavier- und Orgelstudium ins

Konservatorium aufgenommen wurde, zum Genie. So begann eine Karriere, die in brillanter Mittelmäßigkeit enden musste. Aber das hatte Nico erst erkannt, als es zu spät war.

Der Mann, der ihn davor bewahren wollte, blass, schmales Gesicht, abstehende Ohren, ausgeprägte Nase, schwarze engstehende Augen, stark umschattet, das dunkle Haar hart gescheitelt, schwieg im Silberrahmen, vorwurfsvoll oder enttäuscht oder beides.

Der Fremde trat ein, ohne anzuklopfen. Barfuß war er in die Hose geschlüpft, das Hemd offen. Er hielt inne. Kaufmann deutete auf den bequemen Sessel.

Der Fremde folgte Kaufmanns Blick, drehte den Sessel und setzte sich so, dass auch er nun auf den Flügel schaute.

Das Foto war zu groß, die handschriftliche Widmung darauf zu mächtig, der Porträtierte zu eindeutig nicht mit Kaufmann verwandt und zu spektakulär melancholisch, als dass sich die Frage vermeiden ließ, was es damit auf sich habe. Bisher hatte noch jeder danach gefragt.

Ich frage mich ..., sagte der Fremde.

Er brach ab, schaute weiter zum Flügel.

Ja?, sagte Kaufmann.

... ob ich ein anderer geworden wäre, wenn ich ein Instrument gelernt hätte. Da kann einem die Welt nie so eng werden, dass der einzige Ausweg tödlich ist. Durch die Musik leuchten doch immer Möglichkeiten.

War es das, woran ihn die Träumerei erinnerte, an andere, bessere, bunte Möglichkeiten, die er mit fünfzehn noch gesehen hatte? Kaufmann wartete ab. Möglichkeiten ... Im Juni 1956, Anfang Juni war es gewesen, hatte er im Baur au Lac sein übliches Programm abgespult und gerade pausiert, als sich spätabends ein Mann im schwarzen Anzug mit Geigenkasten nicht weit vom Flügel entfernt hinsetzte, seine Krawatte vom Hals nahm, über die Lehne legte, bestellte und dem Kellner etwas zuflüsterte.

Wodka? Üblicherweise wurde bei Kaufmann hier mit Champagner, weiß oder rosé, für eine Wunschmusik geworben. Der Mann mit dem Geigenkasten, Anfang, Mitte fünfzig, grüßte grinsend mit seinem Glas, wohl ebenfalls Wodka. Die Träumerei von Schumann, das wurde selten erbeten.

Die anderen Barbesucher drehten sich nach dem Geiger um, der nach den drei Minuten wild applaudierte.

Erst als Kaufmann direkt vor ihm stand, erkannte er ihn wieder.

Er hätte es wissen können, Festwochen in der Tonhalle, Plakate mit dem Namen von Nathan Milstein und Otto Klemperer klebten seit Wochen an den Litfaßsäulen.

Sie spielen das besser als Volodja, wirklich, noch immer, sagte Milstein. Ich habe es erst vor Kurzem von ihm gehört, eine seiner Lieblingszugaben nach wie vor.

Enttäuscht oder vorwurfsvoll oder beides sah er den Lehrer von einst daheim im Silberrahmen vor sich. Vorbei, verscherzt die Möglichkeiten, seine Möglichkeiten früher. Nur in diesem kleinen Stück leuchteten sie noch auf für drei Minuten.

Der Fremde konnte nicht ahnen, was dieses Datum bei seinem Gastgeber losgetreten hatte. Er schien sich ohnehin nur für sich selbst zu interessieren.

Kaufmann zog sein Taschentuch aus dem Ärmel und schnäuzte die Erinnerung weg. Jetzt war die Chance da.

Woran denken Sie, wenn Sie die Träumerei hören?

Der Fremde fing zu reden an, ohne das Gesicht zu wenden, als spräche er mit dem Flügel.

Der Job war gut, niemand fragte nach meinem Ausweis, meine Eltern waren stolz darauf, dass ihr minderjähriger Sohn abends und an Wochenenden in einem solchen Haus arbeiten durfte, das sie nie zu betreten gewagt hätten. Aschenbecher leeren, die kleinen Tische abwischen, Feuer reichen, Gebäckschalen verteilen, Krümel wegkehren, darauf achten, dass nirgendwo der Rand eines Perserteppichs hochgeschlagen war. Meine Mutter war sicher, dass Gott mir diesen Job in der Pianobar des Baur au Lac beschafft hatte. Anfangs war mir fast alles fremd. Meine Schuhsohlen waren Parkett und Teppiche nicht gewohnt, meine Nase keinen Parfum- und Havannadunst. Nur was der Barpianist spielte, war mir vertraut. Im Kreis 4 habe ich von Kindheit an durchs offene Fenster die Musik der anderen gehört. Sehnsuchtsschlager ohne Worte, die kannte jeder auswendig. Palmen am blauen Meer, braune Mädchen auf Kuba, Sterne über Colombo, dazwischen Filmmusik von *Casablanca* bis *Some like it hot*.

Erst ein paar Mal hatte ich einem Gast etwas aufs Zimmer bringen dürfen, dafür gab es die Etagenkellner. Es war schon ziemlich spät, als es hieß: Eine Flasche

Rosé-Champagner mit zwei Gläsern auf Nummer soundsoviel, zweite Etage. Als ich klopfte, rief eine Männerstimme: Avanti. Wusste er, wo ich herkam, hatte er mich gesehen, meine olivfarbene Haut, mein schwarzes Haar, oder war er Italiener? Er lag auf dem Bett. Nackt. Nackt und ...

Der Fremde zögerte. ... und schön.

Ich schaffte es, das Tablett abzustellen und die Tür so zu schließen, wie es sich hier gehörte, dann ratterte ich die zwei Stockwerke hinunter. Vor der Pianobar lehnte ich mich an die Wand. Jeder musste es hören. In meinem Organismus toste eine wahnsinnig gewordene Orgel, in meinem Kopf brüllten sämtliche Priester von Zürich meine gebeteleiernde Mutter nieder, und meine Mädchenfankurve vom Bolzplatz schluchzte dazu. Da kam der Maître den Flur entlang. Ich, untätig an der Wand lehnend, jetzt, bei Hochbetrieb! Bevor er mich erreichte, war ich bereits drin. Im Saal war es entsetzlich still. Die Gäste still, der Pianist still. Dann begann er ein Stück, das ich nicht kannte. Es war leise und unendlich weit, und es kam ganz von innen her.

Nach wenigen Minuten war es vorüber. Ich konnte nicht anders, ich musste zu ihm gehen. Was war das?, fragte ich, bitte, was war das? Er sah mich an, lange, prüfend, wohlgefällig. Ja, was war das? Er lächelte. Eine Träumerei. Er strich mir übers Haar. Die Träumerei aus den Kinderszenen.

Kaufmann schüttelte den Kopf, musterte den Fremden, wie jemand, der seinen Sinnen nicht traut, schüttelte den

Kopf noch einmal heftiger. Benommen stemmte er sich hoch, ging zu seiner Hausbar und schenkte sich den Zuger Kirsch ein. Sie auch?

Der Fremde drehte den Sessel, kippte den Kirsch und starrte seinen Gastgeber an.

Wollten Sie deshalb wissen, wie ich über Todsünden denke?, fragte Kaufmann. Ich bin auch im Kreis 4 geboren und aufgewachsen. Wiedikon, Nähe Bahnhof, damals, in den zwanziger Jahren, eine bürgerliche Vorgartenecke, spießig würde man heute im Vieri sagen. Arzthaushalt, Dienstmädchen, Köchin, Weißwäschefrau, Gründerzeitmöbel, Grammofon mit Kurbel, Ibach-Klavier, Tischgebet mittags und abends, Platz auf der Empore mit Namensschild in Sankt Peter und Paul, einmal die Woche beichten, an höhere Gerechtigkeit glauben, ein Onkel, der von der Familie geschnitten wurde, hinter geschlossenen Türen als Sodomit bezeichnet. Mir ist nur eins geblieben.

Er kostete diese Pause aus, er sah den Hunger in den Augen des anderen. Trank von seinem Kirsch, setzte ihn ab.

Ich glaube noch an Wunder.

Er stand auf und ging zu Bett.

IV

Zuerst Libyen, daran war man bereits gewöhnt, Libyen und La Belle. Jeder kannte den schönen Namen der Disco in Berlin, wo vor allem Angehörige der dort stationierten US-Army ihre Nächte durchgetanzt hatten. Seit im La Belle in der Nacht auf den 5. April zwei US-Soldaten und eine Türkin von einer Bombe zerfetzt worden waren, fünfundzwanzig Besucher das Blutbad überlebt hatten, zweihundertfünfzig froh waren, dass nur ihr Trommelfell geplatzt war, wurde ständig mit Vergeltung gedroht. Dass Gaddafi hinter dem Attentat steckte, galt als sicher.

Kaufmann hasste das Wort Vergeltung. Er hatte sein Croissant wieder auf den Teller gelegt, um das Radio abzustellen. Fußball und Wetter interessierten ihn nicht. Die Meldung war kurz: Meilen, Zürichsee. Ein Schweizer Diplomat, Mitte vierzig, werde seit gestern vermisst. Nach Polizeiangaben sei Suizid nicht auszuschließen. Die Verlobte des Vermissten, wohnhaft in Lausanne, bestreite das.

Der Fremde erschien keine fünf Minuten später am Frühstückstisch. Aus dem Radio kam Klaviermusik.

Kein Schumann, oder?, sagte der Fremde und setzte sich auf den freien Stuhl.

Skrjabin, cis-Moll-Etüde. Es geht aber nicht um

Skrjabin, es geht um Horowitz. Er wird zum ersten Mal seit einundsechzig Jahren wieder in seiner Heimat auftreten, am 20. April in Moskau. Die cis-Moll-Etüde gehört zu seinen Bravourstücken. Bravour-, das Wort würde er sich verbieten. Dafür ist dieses Stück zu dunkel, viel zu dunkel.

Kaufmann behauptete später, es sei das Interesse des Fremden an Horowitz gewesen. Das habe ihn auf die Idee gebracht, diese Reise anzutreten. Der Fremde behauptete später, es sei Kaufmanns Instinkt für das Richtige gewesen, sein Gespür dafür, dass diesem Zufallsbekannten die Geschichte eines anderen helfen könnte, Klarheit über sich selbst zu gewinnen. Jedenfalls saßen sie, die Croissants waren noch nicht verdaut, in Kaufmanns altem Peugeot, am Steuer der Fremde. Sagen Sie Robert zu mir, hatte er gebeten, als Kaufmann ihm drei Hemden und drei fabrikneue Unterhosen auslieh. Der Rhythmus der Scheibenwischer machte es Kaufmann leicht, zu erzählen.

Es war in Basel, fast genau vor neunundvierzig Jahren, ebenfalls April, nur das Wetter war besser. Sie können es Zufall nennen, dass ich ihn kennenlernte. Ich würde es … Gut, lassen wir das. Ich war am Stadttheater Solorepetitor, meine zweite Saison, erste Station auf meiner Dirigentenlaufbahn. Ich durfte bunte Abende dirigieren und selbst komponierte Weihnachtsmärchen, als Höhepunkt mal Mozarts Schauspieldirektor. Mitleid? Lassen Sie's. Mit einundzwanzig kann man sich darüber noch freuen. Mein Vater verkündete, sein Sohn werde nun doch kein zweiter Liszt, dafür ein zweiter Toscanini. Er wusste so gut wie ich, dass es ein Ausweg war oder eine Ausrede.

Ein niederländischer Maler, Bob Gésinus-Visser, gar nicht schlecht übrigens, von vielem angehaucht, von Nabis, Fauves und Neoimpressionisten, nur auf Besuch in Basel, mit dem ich über meinen Freund Jörg, ebenfalls Maler, zusammenkam ... Also, Bob hörte, ich sei eigentlich Pianist, und fragte: Wollen Sie Horowitz kennenlernen?

Kaufmann musterte den Mann, der Robert genannt werden wollte, von der Seite. Ich weiß nicht, ob es für Sie jemanden gibt ...

Ja, Tina Turner.

Zwei, drei Jahre zuvor hatte ich Horowitz in der Tonhalle erlebt. Sie haben es nicht so mit der Klassik, was? Also, das Publikum klatscht dort üblicherweise so, als müsste es zahlen für zu viel Applaus. Bei Horowitz standen alle nach der dritten Zugabe und gingen schließlich widerwillig, mit roten Handflächen und Köpfen.

Bob kannte Horowitz erst seit Kurzem, durch die Bernoullis. Sie sind Schweizer, Ihnen muss ich zu diesem Namen nichts erklären. Das Haus kannte in Basel jeder, Holbeinstraße 69, von außen brav und bescheiden, zwei niedrige Geschosse, weißgelackte Sprossenfenster, Schlagläden, und innen drin? Innen war Europa. Die Gäste, Sie verstehen, einmalig. Bernoulli, in diesem Fall Christoph Bernoulli der Soundsovielte, war Kunsthändler, Innenarchitekt, Musikwissenschaftler aus einer

Musikerfamilie und seine Frau Alice, geborene Meisel, Modezeichnerin, jüdische Polin. Horowitz als jüdischer Ukrainer mit polnischen Großeltern passte hierher.

Die Bernoullis prüften mich auf Horowitz-Tauglichkeit. Nach dem Abendessen musste ich vorspielen, nach dem Vorspiel wurde gnädig genickt. Zwei Tage später …

Er brach ab und wurde ganz Scheibenwischer, atmete sogar in ihrem Rhythmus, sagte aber nichts. Erst nach ein paar Minuten meinte er: Das erzählt sich besser vor Ort.

Als Robert im Steinengraben parkte, hatte er unter der Kuppel des Autodachs gehört, wie Horowitz das dritte Klavierkonzert von Rachmaninow spielte, zwei Mal hatte er es hören müssen. Beim ersten Mal versäume man atemlos über dem Staunen die Musik, hatte Kaufmann erklärt. Andere sind als reife Pianisten über diesem Stück wahnsinnig geworden, er hat das mit siebzehn gespielt, obwohl er damals lieber Wagners Götterdämmerung und sämtliche Puccini-Opern hinlegte, auswendig natürlich.

Bei seinem Abschlussexamen in Kiew spielte er nach ein paar Anwärmstücken von Bach bis Beethoven, an denen Mitstudenten scheiterten, die mörderische zweite Sonate von Rachmaninow, Chopins gnadenlose Fantasie in f-Moll, und hinterdrein gab er noch die Don-Juan-Paraphrase von Liszt, da wird Ihnen beim Zuhören schwindlig. Es soll das erste und einzige Mal gewesen sein, dass die Jury sich aufgeführt hat wie ungefähr fünfzehn Jahre später das Publikum in der Tonhalle.

Der Regen war in Nieseln übergegangen. Der Steinengraben langweilte sich menschenleer. Zwischen Versicherungs- und Bankenbeton verzagten ein paar zierliche Barockhäuser. Kaufmann blieb vor einem Sechzigerjahre-Kasten stehen. Hier müsse es gewesen sein, er sei nie mehr hergekommen seither, damals ein Bau aus den Zwanzigern, ein Gästehaus, nichts Aufregendes. Erste Adressen habe Horowitz gemieden, in Paris das Ritz, in Basel die Drei Könige, in Zürich das Baur au Lac.

Sein Blick klebte beim Reden an der Fassade. Horowitz hatte ein Appartement gemietet, erster Stock, zwei helle Zimmer mit Steinway. Geöffnet hat er selbst. Er war etwas kleiner als ich, und ich hätte ihn vermutlich wegen der tiefen Falten zwischen Nasenflügeln und Mundwinkeln für mindestens fünfzehn Jahre älter gehalten. Es waren aber nur zwölf. Der Tisch war zum Tee gedeckt, für zwei. Keine Musik, kein Radio, kein Grammofon.

Horowitz setzte sich so, dass er meine Hände von der Seite sah beim Spielen. Sagte wenig. Langsamer, kam es irgendwann. Da steht Crescendo, nicht Accelerando. Lauter werden heißt nicht schneller werden. Oder: Singen, mit den Fingern singen. Er sprach mit russischem Akzent. Mein Deutsch ist schrecklich, entschuldigte er sich, mein Vater sprach fehlerfrei, welcher Schande, sagt man das?

Als ich den Deckel zuklappen wollte, stand er auf und legte sein Jackett ab. Er wog nicht viel, Bizeps hatte er auch keinen. Über dem Bauch spannte sein Hemd, ein rotes Hemd. Er roch nach einem Parfum aus Veilchen, Lavendel und Kaffeebohnen und nach Zigaretten. Mit zwei Fingern korrigierte er meine Handhaltung. Seine

Hände waren schmal, eher klein, weiß und haarlos, die Finger lang, knochig, die Enden stumpf. Was mir auffiel, war die Muskulatur seiner Daumen.

Kaufmann nahm Roberts Hand. Sehen Sie, hier, wo es sich bei Ihnen oder mir nur leicht wölbt, saß bei ihm eine beinharte Halbkugel.

Ich wartete auf sein Urteil. Er legte seine Hand auf meine Schulter. Sie sind musikalisch, sagte er. Aber Klavier spielen können sie nicht.

Kaufmann spannte den Schirm auf, gab ihn Robert und setzte sich neben ihm in Bewegung Richtung Norden.

Gibt es bei Ihnen auch Sätze, die Sie nie vergessen?

Sogar einen ganz frischen, sagte Robert. Gestern fuhr ich mit der Fähre über den See, von Meilen nach Horgen. Ein alter Mann, der offenbar nichts anderes tut, als mit der Fähre hin und her zu fahren und da an seinem Stammplatz nistet, sagte: Sie sehen aus, als würden Sie zum ersten Mal ans andere Ufer fahren.

Und?, fragte Kaufmann. Hatte er recht?

Hatte Horowitz recht?, fragte Robert.

Es war Darjeeling, machte Kaufmann weiter, und er schenkte ihn von weit oben ein. Ich sollte nicht, sagte er, als er den zweiten Löffel Zucker in seine Tasse rieseln ließ, aber ich brauche es. Dann zog er seine Hosenbeine hoch. Seine Waden waren steckendünn, trotz der weißen Bandagen. Eine Venenentzündung, sagte er, noch immer nicht ganz ausgestanden. Sie haben mich nach einer Blinddarmoperation zehn Tage liegen lassen.

Das mit den zehn Tagen hat er zwei Mal wiederholt. Den Pariser Ärzten habe er schon vorher misstraut, alle prominenten Chirurgen abgeklappert, jedes Mal das Gleiche: Ihr Blinddarm ist völlig in Ordnung, was wollen Sie? Jeder verweigerte ihm die Operation. Einer hatte sich schließlich breitschlagen lassen. Aus den zehn Tagen wurden drei Monate, nur wegen der Venen. Seine Amerikatournee musste er absagen. Und dann kam eine Bemerkung, die mich irritierte, das weiß ich noch. Sie kam ganz leise. Gut für die Nerven, schlecht für die Seele, sagte Horowitz. Die Dämonen lieben die Untätigen.

Beide Spaziergänger hielten den Mund, Kaufmann summte eine Passage aus dem langsamen Satz des Dritten von Rachmaninow, bis sie vor dem Bernoullianum standen, sogar unter dem wieder stärker gießenden Gewölk ein adrettes kleines Bildungsschloss. Mich hat die Architektur, die Geschichte der ehemaligen Sternwarte, die Bibliothek und all das hier nie interessiert, nur der Park nebendran.

Er schwenkte nach rechts; die Wege unter den noch fast kahlen Bäumen nass, das lichte Grün troff.

Auf dem Heimweg in meine Pension habe ich hier immer welche getroffen, die wie ich heiß darauf waren, jemand Neuen zu entflammen.

Horowitz hatte davon keine Ahnung. Er hatte mich zum Abendessen eingeladen, ziemlich teuer, Champagner, Spargel, pochierter Rhein-Salm, Erdbeeren mit Vanille-Glacé. Mir schien das eine Art Pflaster auf die Wunde zu sein, die er mir zugefügt hatte, außerdem kannte er in Basel anscheinend außer den Bernoullis keine Menschenseele. Nach dem Abendessen spendierte er noch einen Drink in der Bar drei Häuser weiter. Der Alkohol hatte mich träge gemacht. Es traf mich aus dem Nichts. Ich habe einen Erholungsurlaub in Luzern gebucht, sagte Horowitz. Soll ich Ihnen dort ein paar Lektionen geben?

Kaufmann machte eine Pause, als erschreckte er noch immer.

Es geschah auf dem Rückweg. Meine Manieren funktionierten noch, ich wollte ihn heimbegleiten; mein Hirn war konfus. Warum wollte er, der bisher keinen einzigen Schüler hatte, sich im Urlaub eines schlechten Klavierspielers annehmen, mit einundzwanzig eh zu alt für die große Karriere? Von seinem Privatleben wusste ich nur, was jeder wusste. Über diese Sensationsehe hatten sogar die Schweizer Hausfrauenblätter berichtet: Der berühmteste Pianist der Welt heiratet die Tochter des berühmtesten Dirigenten der Welt. Wanda Toscanini war nur Tochter von Beruf und sah auf Fotos nicht sehr verführerisch aus, eher wie ein mürrischer Mann in Haute Couture. Trotzdem, es war sein Urlaub. Und dann ein Schüler, der Ärger versprach. Was sollte das?

Robert blieb stehen, weil Kaufmann stehen blieb.

Ja, ziemlich genau hier war's, im Windschatten. Horowitz wollte eine rauchen. Er hielt die Zigarette zwischen den ausgestreckten Fingern, ich durchwühlte meine Taschen nach meinem Feuerzeug. Als ich ihm endlich Feuer gab, nahm er seine Zigarette aus dem Mund, ließ sie auf den Boden fallen und küsste mich.

Langsam wandte Robert sein Gesicht zu Kaufmann.

Er lächelte.

V

Der Vierwaldstätter See schlief an diesem Nachmittag. Sein Blau war unbewegt und tief, und die Wälder um ihn her träumten. Noch störten die Fremden nicht.

Auf dem Parkplatz mit Aussicht stand nur ein alter Peugeot, daneben zwei Männer.

Ich habe ihn lange nicht mehr gesehen, sagte Kaufmann ins Weite. Wie schön er ist.

Aber Ertrinken ist wie Ersticken, kam Roberts Stimme von der Seite. Kein angenehmer Tod.

Ich hätte erwartet, dass Sie schwimmen können. Kaufmanns Harmlosigkeit war wasserdicht.

Robert schnappte nach Luft, setzte sich hinters Steuer und ließ den Motor an. Wie viel wusste er?

Vermeiden lassen würde es sich nicht, dass Kaufmann erfuhr, mit wem er da in seine Vergangenheit reiste. Robert konnte sich selbst nicht erklären, warum dieses Niemandsland, in dem er sich seit gestern aufhielt, so viel bedeutete und er es so lange wie möglich verteidigen wollte. Gut, als Kind hatte er sich schon eine Tarnkappe wie Siegfried gewünscht, der sah, ohne gesehen zu werden. Keiner erfuhr mehr über die anderen und über das, was sie von einem selbst hielten.

In den letzten Jahren hatte er seinen Psychoanalytiker

beneidet, kein Ehering, keine Selbstauskunft, weder sexuell noch politisch oder ideologisch, auf jede Frage dieser Art immer nur mit bedeckter Stimme: Was vermuten Sie?

Kurz nach der Stadteinfahrt von Luzern kurbelte Kaufmann an der ersten roten Ampel das Fenster herunter und fragte, wie man zur Furrengasse komme.

Es sei klüger, hieß es, das Auto im Parkhaus loszuwerden und zu Fuß dorthin zu gehen.

In der Furrengasse war es still. Keine Geschäfte, keine Cafés, keine Restaurants, unterwegs war nur eine Frau, die am Rollator hängend den beiden Männern entgegenkam, nun aber keinen Schritt mehr von der Stelle tat und die Eindringlinge ins Visier nahm.

Los war hier damals schon nichts, sagte Kaufmann. Meinem Vater war das mehr als recht. Er hatte persönlich das Zimmer für mich ausgesucht. Die Neugier der Anwohner war Teil einer Alarmanlage.

Kühl wehte den Spaziergängern der Geruch von Mörtel und frischem Beton entgegen. Vor einer Baulücke, die Nachbargebäude rechts und links abgestützt, seufzte Kaufmann: Unsere Spuren werden vernichtet, vielleicht gut so. Hier hat es gestanden, ein Haus aus dem siebzehnten Jahrhundert oder noch älter. Die Treppen knarzten, die Dielen knarzten, und Madame war Witwe und schlief schlecht. Das war der andere Teil der Alarmanlage. Spätes unbemerktes Heimkommen unmöglich, schon gar nicht in Begleitung. Er grinste. Es war nicht Horowitz, dem mein Vater misstraute, der hatte keinerlei Verdacht erweckt. Sein erster Brief an mich war ans Elternhaus in Zürich adressiert, wo ich am Wochenende hinfuhr, die Basler Pensionswirtin öffnete meine Post. Er war auf Deutsch verfasst, handschriftlich, und nicht erotischer als eine Rechnung. Es lag eine Liste mit Stücken bei, aus denen ich welche auswählen und vorbereiten sollte für die Lektionen in Luzern. Ich lese sie immer mal wieder durch. Bach, drei Stücke aus dem Wohltemperierten Klavier, zwei davon in Moll. Beethoven, 32 Variationen c-Moll. Schumann, Fantasiestücke und Toccata. Chopin, die As-Dur-Ballade und insgesamt vier Etüden aus Opus 10 und Opus 25, alle in Moll. Hinter einigen Werken stand: Nur langsam üben!

Überall hatte mein Vater herumerzählt, sein Sohn werde nun der erste Schüler des weltweit größten Pianisten, sogar Rubinstein habe der überholt; billig sei es nicht, aber den Luxus gönne er sich.

Nur einem misstraute er: mir. Aus gutem Grund. Ich wollte jedem gefallen, Bildung, Herkunft, Geschlecht ziemlich egal, und gab dafür mein Letztes, vor allem nachts.

Kaufmann betrachtete die Bautafel, sie zeigte den Neubau. Man könnte weinen, flüsterte er und ging zügig weiter.

In der Haldenstraße wehte es den See herüber. Die Nummer 57 hätte vier Nummern benötigt. Eine Front, drei Giebel, unter jedem ein Wort. Links *Carlton*, in der Mitte *Hotel* und rechts *Tivoli*. Hohe Tannen und Tujen rahmten das Gebäude.

Innen ist es angeblich nicht mehr so vornehm wie

vor bald fünfzig Jahren, sagte Kaufmann. Die Geldigen bleiben weg, die wollen heute einen Whirlpool auf dem Zimmer. Ihm genügte sein Steinway.

Unten, im Erdgeschoss, vor den hohen Fenstern, war die Terrasse des Restaurants, ist sie noch, aber da sitzt bei diesen Temperaturen keiner. Wir saßen dort jeden Mittag beim Lunch, leider nicht allein. Seine Frau war nach London geflohen. Nichts entnerve Wanda mehr als Ruhe und ein nur langsam genesender Mann, sagte Horowitz. Aber bei ihm war Sonia. Wie schön das Wetter war in diesem Juni siebenunddreißig kann ich nie vergessen, denn sie sagte *Monsieur blanc* zu mir, ich trug meistens einen weißen Anzug. Sonia hatte glühende Kohleaugen, butterweiche Hände, ein explosives Lachen und nur einen Fehler, der war ungefähr vierzig Jahre alt und offiziell ihre Gouvernante. Ich habe damals sofort nachgerechnet: Sonia wurde bald drei, Horowitz musste seine eheliche Pflicht sofort erledigt haben, in den Flitterwochen nach Weihnachten dreiunddreißig.

Kaufmann sah auf die Uhr. Fünf sei doch eine gute Zeit für einen Rum mit etwas Tee.

Der Salon des Carlton Tivoli glich einem abgehalfterten Opernhelden. Er stellte nach wie vor Ansprüche, und der einstige Ruhm war ihm noch anzusehen, man war versucht, seiner großen Vergangenheit zu applaudieren. Doch das Publikum blieb aus.

Robert schien das wohlzutun; entspannt saß er auf dem speckig gewordenen Samt und schlug vor, hier im Haus zu übernachten.

Kaufmann ließ sich Zeit mit dem Erzählen. Robert

hatte Zeit. Zum ersten Mal seit seiner Kindheit. Auch in einem so langsamen Beförderungsmittel wie dem Zug, in dem er gestern vom Landesteg der Fähre in Horgen nach Zürich gezuckelt war, hatte er als Kind zum letzten Mal gesessen. Jedes Warten hatte er jahrzehntelang panisch vermieden, jetzt rekelte er sich darin.

Kaufmann gefiel seine Geduld.

Die ersten Tage in jenem Juni siebenunddreißig gähnten den jungen Nico Kaufmann an. Vormittags sollte er üben, Vater Kaufmann hatte dafür einen Kirchengemeindesaal mit Klavier organisiert. Erst nachmittags, Horowitz bestand auf seinem Mittagsschlaf, waren die sogenannten Lektionen vorgesehen. Vor dem Mittagessen Spaziergang zu viert, nach dem Abendessen Barbesuch mit Schatten. Wanda zahlt ihr für die Überstunden wahrscheinlich den doppelten Tarif, spottete Horowitz.

Der Kuss in Basel war ein Signal gewesen; Kaufmann hatte damit gerechnet, nur vordergründig als Klavierschüler eingeladen worden zu sein. Doch Horowitz berührte ihn nicht, jedenfalls nicht mehr als unter Bekannten üblich und notwendig. Geküsst wurde er nicht einmal auf die Wange. Wollte Horowitz etwa doch seine pädagogischen Fähigkeiten an diesem jungen Mann erproben? Der Unterricht bestand darin, dass Kaufmann etwas von den vorbereiteten Stücken spielte, Horowitz auf dem Sofa saß, immer in derselben Ecke, ganz links, öfters überstürzt ins Bad rannte und bei der Rückkehr murmelte: Darmkoliken wünsche ich nicht einmal Rubinstein. Sonst sagte er fast nichts. Sah Kaufmann zu ihm hinüber, begegnete er niemals seinem Blick. Der war nicht für Begegnungen geeignet. Er fiel nach innen und war zu dunkel, um Iris und Pupille zu unterscheiden. Weder Handhaltung noch Fingersatz oder Interpretation wurden korrigiert, nicht einmal kommentiert. Griff Kaufmann daneben, kam müde: Langsamer. Ich habe gesagt, langsam üben.

Robert beugte sich vor. Was haben Sie sich dabei gedacht?

Kaufmann verzog das Gesicht. Der ist wie gelähmt, dachte ich, vielleicht sollte ich eins drauflegen, um seine Laune zu verbessern. Mein Ruf als guter Unterhalter war mir wichtig. Anscheinend hatte Horowitz mich als Mittel gegen seine Langeweile nach Luzern geholt. Vom Tourneenrausch in die Stille zu fallen, das halten viele nicht aus. Also servierte ich Witze, Klatsch, Anekdoten.

Mit Erfolg?, fragte Robert.

Den musste ich mir anderswo holen. Es waren genügend Töchter und Söhne reicher Eltern unterwegs, denen Ruhe und Idylle so wenig schmeckten wie Wanda.

Mehr haben Sie sich dabei nicht gedacht?

Habe ich leider nicht. Kaufmanns Stimme knickte ein. Er räusperte sich zurück ins Erzählen. Dann reisten Kind und Gouvernante ab zum Großvater Toscanini, in sein Urlaubsdomizil am Lago Maggiore. Horowitz war übrigens stolz auf das Kind und führte es jedem breit grinsend vor. Selbstgemacht, sagte er. Ich wollte eigentlich Komponist werden, leider habe ich es nicht geschafft. Das wird mein einziges Werk bleiben.

Beim Zeitzeichen für die Nachrichten stand Robert

auf, ging mit großen Schritten zum Radioapparat und stellte ihn ab. Das passe nicht hierher.

Champagner, Spargel, Fisch, vermutlich Egli-Filet, und hinterdrein Erdbeeren mit Vanille-Glacé? Sie wirken, als wollten Sie mich essen sehen, sagte Robert.

Und ich lade Sie dazu ein, sagte Kaufmann.

Als das Dessert aufgetragen wurde, war er endlich so weit: Wir lagen nebeneinander auf dem Bett, Kingsize, Lehrer und Schüler beim Mittagsschlaf, kaum bekleidet. Jeden Nachmittag lagen wir nun so.

Ziemlich harmlos sei das gewesen, aber genug für einen Skandal von unvorstellbarem Ausmaß, hätte es jemand beobachtet.

Üblicherweise verriet gegen vier das Geschirrklappern auf der Terrasse unten, wo die Teetische gedeckt wurden, dass es Zeit zum Aufstehen war. Und dann kam dieser Nachmittag, träge und feuchtwarm. Geigentöne schreckten die beiden auf, aus allernächster Nähe. Sie kamen aus dem Vorzimmer der Suite.

In der Erinnerung erstarrte Kaufmann. Ich war abgebrüht, aber da setzte mein Herzschlag aus. Irgendwer hatte sich Zugang verschafft, ein Klatschreporter, Erpresser oder Paparazzo. Mir war schlecht. Mein Vater! Meine Familie! Seine Frau! Die Zeitungen! Meine Karriere!

Und seine, sagte Robert.

Ja, und seine. Horowitz blieb ruhig liegen. Er weiß alles über mich, flüsterte er, seit wir siebzehn sind, weiß er alles.

Jetzt erst hörte ich zu. Es waren Paganini-Capricen, die da direkt nebenan gespielt wurden, und wie. Meine Panik war mir peinlich. Reporter, Erpresser, Paparazzi spielen selten Geige und schon gar nicht Paganini.

Beim Tee lernte ich ihn kennen, Nathan Milstein. Gleich groß wie Horowitz, gleich alt, beinahe ebenso berühmt, Russe wie er. Und doch das komplette Gegenteil. Milstein war ein Menschenfreund, liebte Frauen und Champagner, am besten beides Magnum. Abends lud er uns in ein Dancing ein, wie das damals hieß, ein schummriges Etablissement im ersten Stock, direkt am Ufer der Reuss. Überquellende Damen mit Netzstrümpfen und falschen Wimpern, Tischtelefone, Paravents. Milstein dachte dabei weniger an sich als an Volodja. Eine bessere Deckung für ein Männerpaar gab es kaum. Meinen Champagnerrausch erbrach ich über dem Geländer hängend in die Reuss. Horowitz sah zu wie gelähmt, Milstein hielt mich fest. Keine Ahnung, wie sie es schafften, dass die Treppe nicht knarzte, als sie mich in mein Zimmer hievten.

Ich hatte die Augen geschlossen, das Haus, mein Bett ein wankendes Schiff. Da küsste mich Horowitz.

Robert beugte sich wieder vor.

Auf die Stirn, sagte Kaufmann.

Klingt heute noch enttäuscht, sagte Robert.

Kaufmanns schmale Augen glitzerten. Damals war ich süchtig, nicht nach Drogen, Zigaretten, Alkohol, ich war ein Adorationsjunkie. Je berühmter der Bewunderer, desto wirksamer die Droge. Horowitz – Sie verstehen. Was mit ihm los war, habe ich gar nicht wahrgenommen. Es war Milstein, der mich darauf stieß.

Er erzählte von Paris, es prickelte nur so. Horowitz reagierte nicht, lachte nicht, warf nichts ein, hakte nicht nach, sogar seine Mimik blieb in dieser Frühsommerhitze vereist. Hast du meine letzte Platte gehört?, fragte er Milstein. Einiges ist gut, vieles ist schlecht, sehr schlecht. Weißt du, was über mich in Paris geredet wird, warum ich nicht auftrete? Stimmt es, dass Toscanini verbreitet, wenn mein nächstes Konzert keine Sensation werde, könne ich für immer einpacken?

Milstein fragte nur zurück: Übst du wieder, Volodja?

Ich ... ich versuche es, sagte Horowitz und betrachtete dabei seine Hände, als wären sie ihm völlig fremd.

Als Milstein auf die Toilette ging, passte ich ihn ab. Aber warum übt er nicht, warum spielt er nicht, wenn er ohne das depressiv wird?

Drehen Sie es um, dann geht die Gleichung auf. Bei Volodja fing das 1934 an. Eine Zeit lang konnte er es überspielen, am Klavier, auf mörderischen Tourneen. Er redet immer nur von seinen Dämonen und hat versucht, sie durch Rastlosigkeit zu ersticken.

Und warum, habe ich gefragt, warum fing es 1934 an?

Wenn Sie Daten aufeinanderlegen, können Sie oft den Zusammenhang erkennen, sagte er.

Beim Abschied drei Tage später nahm Milstein meine beiden Hände in seine, für mich sah das aus, als beteten wir gemeinsam. Tun Sie ihm gut, junger Mann. Niemand hat vor Volodja so gespielt wie er, niemand wird nach ihm je wieder so spielen. Dieser Klang! Manchmal glaube ich, dass ihm der Klang wichtiger ist als die Musik. Dafür lebte er, nur dafür. Und fürs Geld.

Ich wollte gefallen, auch Milstein. Also bekniete ich Horowitz, ihm beim Üben zuhören zu dürfen. Ich kniete wirklich, und das gefiel ihm. Er stutzte und schwieg. Spätabends in der Bar wollte er wissen, wo ich ihn gehört hatte und womit.

Tonhalle Zürich mit dem Tschaikowsky-Konzert.

Und?

Ich schwärmte haltlos.

Es war schlecht, unterbrach er mich, weil ich nicht Tschaikowsky gespielt habe, sondern Horowitz, alles Mögliche, was gar nicht in den Noten steht. Es hat trotzdem funktioniert. Je mehr Risiken ich einbaute, desto größer war der Applaus, wenn ich sie überstand.

Die Leute erwarteten von mir Nervenkitzel, und ich habe ihn geboten. Nur: Es war schlecht.

Beim nächsten Mittagessen wollte ich meine Scharte auswetzen. Zum Blender hatte ich Talent. Es sei nicht das Virtuose, es sei der Klang gewesen, behauptete ich, damals in der Tonhalle. Niemals hätte ich vorher jemanden so spielen hören. Dieser Klang, dieser unfassliche Klang!

Er schwieg. In drei Tagen, vielleicht, sagte er endlich.

Wirklich setzte er sich drei Tage später nach dem Mittagsschlaf an den Steinway, aufrecht und ernst. Schumanns C-Dur-Fantasie, ein höllisches Stück. Sein Rücken, seine Schultern blieben reglos, erst vom Ellenbogen ab bewegte er sich. Die Hände flach, die langen Finger gerade ausgestreckt, die Fingerkuppen fast aufgebogen, der kleine Finger war eingerollt und schnellte dann blitzartig hervor. Eine Handhaltung, bei der jeder ordentliche Klavierlehrer Zustände bekommen hätte. Horowitz tobte die Oktavsprünge hinunter, als wäre es ein Spaziergang, ließ die Punktierungen zucken, bewältigte mühelos die rapiden Wechsel von Tempo und Dynamik. Aber er brach ständig ab. Eine einzige Passage spielte er drei, vier, auch zehn Mal, pedalisierte anders, phrasierte anders, oft nur um Nuancen. In meinem ganzen Leben hatte ich niemals so geübt.

Aber da war noch etwas ganz anderes. Wenn Horowitz eine Taste anschlug, sie aber sofort wieder losließ, ging die Resonanz wie ein Wunder auf im Raum, und der Raum ging auf im Weltenraum. Ich erlebte hier aus nächster Nähe die Geburt der Musik im Klang. Nun erst verstand ich Milstein.

Der nächste Mittagsschlaf war alles andere als schläfrig. Als er, ein Handtuch um die Hüften, aus dem Bad kam, fragte mich Horowitz, ob ich einen Führerschein hätte, er besitze keinen, nur einen Chauffeur, und der sei beim Rolls Royce in Paris geblieben. Das Hotel mietete einen Wagen und ...

Kaufmann sah auf die Uhr. Wir sollten uns um Zimmer kümmern.

Als der Peugeot am Vormittag aus dem Parkhaus rollte, hatte das morgendliche Getröpfel aufgehört. Rechter Hand der Ausfahrt zog ein Kioskbesitzer die Plastikplane von seinen Ständern.

Kaufmann überflog die Schlagzeilen.

Robert blickte geradeaus. Schon vor dem Frühstück hatte er in der Lobby die Zeitungen durchsucht. Nur zwei hatten eine Kurzmeldung gebracht, ohne Namensnennung, ohne Foto, einzige Angabe: *Alleinstehender Jurist aus Meilen*, dahinter in Klammern: *45*. Sein prüfender Blick in den Rückspiegel fiel Kaufmann auf. Man könnte Sie durchaus für Anfang vierzig halten.

Warum sagen Sie das?

Horowitz sah nicht viel jünger aus mit knapp vierunddreißig. Sie fahren mich jetzt dorthin, wo damals ich ihn hinfuhr. Hertenstein, Gemeinde Weggis, direkt am Ufer. Da wohnt mein Freund Sergej, sagte Horowitz, schon seit fünf Jahren. Er hat sich ein Haus gebaut, die Villa heißt *Senar*, aus *Se*rgej und *Na*talia *R*achmaninow. Natalia ist seine Cousine und seine Frau seit ewigen Zeiten, seine Lebensversicherung. Fast dreißig Jahre und einen halben Kopf Länge hat Sergej mir voraus und seine Pranken! Legt er seine Hand auf meine, ist von meiner nichts mehr zu sehen. Ja, er hat mich in der Hand, mein Freund Sergej. Dann verstummte Horowitz schlagartig. Sein Schweigen vibrierte. Ich hörte Milstein reden: Meine Beziehung zu Sergej ist unkompliziert. Manchmal empfängt er Gäste im gestreiften Schlafanzug. Knochig wie er ist, mit seinem düsteren Ausdruck und diesem Stoppelschädel sieht er dann aus wie ein Häftling. Ich lache drüber, und wenn er sauer wird, gehe ich einfach.

Rachmaninow und Horowitz bezeichneten sich überall als Freunde, dicke Freunde, wichtigste Freunde. Aber einfach sei es nicht zwischen den beiden, verriet mir Milstein. Rachmaninow erklärte anderen oft: Horowitz spielt mein Drittes besser als ich. Widersprach ihm dann keiner, knallte er die Türen zu. Seinem Freund Milstein hatte Horowitz gestanden, dass er vor Zittern kaum den Klingelknopf drücken konnte, als er in New York zum ersten Mal vor Rachmaninows Tür stand, solche Angst habe er vor ihm gehabt. Da war er Anfang zwanzig gewesen. Offenbar hatte Horowitz die Angst noch immer. Er gestikulierte, rutschte hin und her und gab ab und zu ein Stöhnen von sich, als hätte er Bauchweh.

Vor einem kalkweißen Quader im Bauhausstil, brüsk hineingekantet in einen grün gepolsterten Privatpark, bat Kaufmann Robert anzuhalten.

Das Haus passt zu seinem unzugänglichen Hausherrn, dachte ich damals. Und dann ... Ich starrte auf die Haustür, wie Sie jetzt. Sie führte zum Olymp. Dort traf mein Gott Horowitz seinen Gott Rachmaninow, und ich, ein bedeutungsloser Repetitor von einundzwanzig Jahren, würde auf dem Olymp dabei sein. Nur warum? Schlagartig wurde mir klar, was Horowitz nervös machte. Seine Mutter war tot, sein Vater hatte ihn in Paris besucht, das erste und wohl letzte Mal, dass er aus der Sowjetunion ausreisen durfte. Horowitz meinte es ernst mit mir, mit uns. Rachmaninow ersetzte ihm die Eltern, und heute war der Tag, an dem er dem wichtigsten Menschen in seinem Dasein den Geliebten präsentieren wollte. Mir ist schier die Hose geplatzt.

Horowitz stieg aus und kam zu mir auf die Fahrerseite herüber, ich hatte schon ein Bein aus der Tür. Bitte ein Stück zurückfahren, sagte er. Ich setzte zurück, er stand da und bedeutete: Noch weiter, weiter. Die Villa war nicht mehr zu sehen, sah also mich nicht mehr. Horowitz ging auf das Haus zu, wie an einer Schnur gezogen. Seine Haltung verbot es, ihm nachzugehen. Umdrehen würde er sich bestimmt nicht. Ich riss die Wagentür auf, wollte schreien. Es klang wie Kläffen. Die Metzger hatten damals noch alle dieses Schild mit dem gekritzelten Hund: Wir müssen draußen bleiben. Rasch hatte ich die Möglichkeiten durchgespielt. Hupen, klopfen, klingeln, rufen. Lief alles auf dasselbe hinaus. Frau Rachmaninow, vielleicht auch nur jemand vom Personal am Eingang. Sein Chauffeur?, würde es heißen. Sie dürfen gerne in der Küche auf ihn warten.

Nicht vorstellen, nein, verleugnen wollte er mich. Ich war für ihn nicht mehr als ein Edelstricher, nur eben einer, der kein Geld nahm, sondern mitbrachte für den Unterricht. Meine Vorzüge: gute Tarnung durch musikalische Ambitionen, reduziertes Syphilisrisiko, unverdächtiger Hintergrund. Arzthaushalt, solide Bürger, mittlerweile wohnhaft in einer Villa an der Seepromenade. Ich wartete und wurde allmählich schläfrig und leer.

Nach mehr als zwei Stunden öffnete Horowitz die Tür auf der Beifahrerseite und setzte sich neben mich. Kein Wort der Entschuldigung.

Es war schon dunkel, als wir beim Carlton Tivoli vorfuhren. Ich parkte das Auto so weitab wie möglich vom Lichtschein des Hauses unter einer Tanne.

Keiner von uns beiden machte Anstalten auszusteigen.

Horowitz wartete hörbar auf Erlösung.

Ich riskierte es schließlich.

Rachmaninow verachtet Homosexuelle. Ist es das?

Horowitz' Hand war blitzschnell und stark. Er drückte meinen Kopf zu sich. Der Kuss war länger als der in Basel. Sehr viel länger und sehr viel tiefer.

VI

Er konnte es nicht verhindern. Seine Rechte zuckte zur Stirn, hinab zur Brust, etwas höher einmal links, einmal rechts. Unwirsch schüttelte er sie und sperrte sie in die Hosentasche. Ein Schielen zur Seite. Hatte Kaufmann etwas bemerkt?

Seit Jahren hatte Robert keine Kirche mehr betreten, nicht einmal, als die Mutter bestattet wurde. Wenn sie es gut mit mir meint, stirbt sie, während ich irgendwo weit, weit weg bin, unerreichbar, war seine Hoffnung gewesen. Sie hatte es gut gemeint.

Die Fenster farblos verglast, weiß gefliest der Boden, weißer Barockstuck auf breitem Tonnengewölbe. Hell alles, doch bedrängend. Unter der Kanzel flüsternd zwei Benediktiner in ihren schwarzen Kutten, am Beichtstuhl ein alter Mann, der schluchzte.

Ich weiß, man wird es nie ganz los, sagte Kaufmann und öffnete die Tür ins Freie. Unbefleckter Schnee an den Alpenhängen, ahnungslos der Himmel darüber.

Nur ein einziges Jahr war Kaufmann hier im Kloster Engelberg Internatsschüler gewesen, mit zwölf. Vom Musiklehrer als kleines Genie gelobt werden, im Stiftschor die Soli singen und dann neben dem Organisten an der größten Orgel der Schweiz sitzen und Register ziehen dürfen, in kurzen Hosen, mit Kletten an den

Strümpfen, schön sei das gewesen. Er habe sich schlafend gestellt, wenn sich nachts im Schlafsaal einer der Patres ans Bett setzte.

Opportunisten leben länger, sagte Kaufmann, sein Versuch, dabei zu grinsen, entgleiste. Andere, hieß es, seien weniger glimpflich davongekommen; bei Verweigerung, Widerspruch und allen übrigen Unbotmäßigkeiten Schläge auf den nackten Hintern, Einzelhaft im Kohlenkeller, knien auf scharfen Holzscheiten. Nur einmal hatte Kaufmann zu Hause davon erzählt, wie gut er es erwischt hatte, dass die Patres ihn liebten, ganz besonders ihn, aber völlig in Ruhe ließen, obwohl ihnen anzumerken war, wie viel Beherrschung sie das kostete. Sein Vater holte ihn umgehend nach Zürich zurück.

Und dann dieser Sommer 1937.

Kaufmann summte, als er *Sommer* sagte. Horowitz wollte die Klosterkirche von Engelberg während der Messe erleben, um in den Katholizismus hineinzuriechen, meinte er; Toscanini probte in Salzburg gerade Verdis Requiem. Nebenbei, das wusste auch sein Schwiegersohn, erkundete er bei der Festspielweiblichkeit, wie es mit siebzig um seine Potenz stand. Seine Frau und der Gott, zu dem er betete, schauten weg.

Vermutlich hatte es irgendeinen aktuellen Anlass gegeben, im Ort oder in Luzern oder im Denunziationsblatt *Der Scheinwerfer*, dass der Prediger an diesem Julisonntag 1937 von der Kanzel als Erstes die Bibelstelle aus dem Buch Levitikus zitierte: *Schläft einer mit einem Mann, wie man mit einer Frau schläft, dann haben sie eine Gräueltat begangen. Beide werden mit dem Tod bestraft.*

Die Finger von Horowitz krampften und knacksten, aber er blieb sitzen. Hätte er mit mir die Kirche verlassen, alle hätten sich nach uns umgedreht und uns gekannt.

Und warum ausgerechnet Engelberg?

Das Grand Hotel Engelberg versprach im Sommer genau das, was Wanda Horowitz hasste, sagte Kaufmann, Ruhe und Idylle, von Luzern aus keine Autostunde, aber abseits. Und er liebte es, dass sie das hasste.

Am 3. Juli 1937 hatte Kaufmann Post aus der Normandie, aus Bagnoles-de-l'Orne erhalten, wo Horowitz auf Kur war, Wanda bei ihm. *Schreibe mir, ob Du zwischen 4 und 6 Wochen in Engelberg bleiben kannst.* Kurz danach lieferte Horowitz die Anweisung: *Ich komme den 15. Juli nachmittags nach Engelberg (zwischen 3 und 6 Uhr). Ich bin allein! Bitte sofort auf der Hotelterrasse melden, damit ich Bescheid weiß. A bientôt VH*

PS: Leider reise ich über Basel mit meiner Frau an, aber sie fährt weiter nach Italien.

Kaufmann sah zu, wie Robert sich als Widmer ins Gästeregister eintrug. Ihre Hand mag das W nicht, mit dem der Nachname beginnt, sagte er.

Sie bekamen den Ecktisch zugewiesen, wie gewünscht, an dem er vor neunundvierzig Jahren gesessen hatte. Kaufmann befühlte das Tischtuch, wog das Besteck in der Hand, drehte den Teller um. Damast, Tafelsilber, Schweizer Manufaktur, alles wie damals. Es war der Tisch, an dem Horowitz ihn gefragt hatte, wo sich das Teufelstal befinde.

Er kenne keines, jedenfalls keines in der Nähe. Warum?

Engel und Teufel gehörten zusammen. Er selbst sei Engel und Teufel, sei es schon als Kind gewesen. Die anderen Kinder sangen beim Baukastenspielen und Puzzlezusammensetzen vor sich hin, Volodja sang nur auf dem Klavier. Hatte er seinen Eltern den Abend noch mit solchen entrückten Gesängen verklärt, schlug er am nächsten Morgen mit einem Stock alles Porzellan von Kommoden, Tischen und Wandborden. Musste es schlagen und zerschlagen, um nicht verrückt zu werden.

Hat er verraten, warum?, fragte Robert.

Die Köchin im Elternhaus hatte ihm gezeigt, wie ein Filter funktionierte. Da habe er plötzlich gewusst, was mit ihm nicht stimmte: Ihm fehlte ein Filter im Kopf, der gewöhnliche Gehirne schützte. In sein Hirn drang zu vieles ein, noch immer dringe viel zu viel ein. Das sei höllisch, aber dafür höre er Klänge, von denen andere keine Ahnung hätten. Manchmal höre er eine Stille, die nur Gott kennen konnte, die Stille vor der Erschaffung der Welt.

Robert saß vor einem Teller, auf dem geschnetzeltes Kalbfleisch kalt wurde und hellbraune Sauce eine Haut bildete. Versündige dich nicht, war er von der Mutter verwarnt worden, hatte er nicht sauber aufgegessen. Automatisch schob er ein Stück kaltes Kalb in den Mund und würgte es hinunter. Er hatte ihn doch abgeworfen, diesen Sack voll Drohungen und Verheißungen, längst. Seine Verlobte hatte am zweiten gemeinsamen Abend von kirchlicher Trauung gesprochen. Nie zu spät, wieder einzutreten, und langfristig zahlt sich das aus. Die Lichterscheinung am Ende des dunklen Tunnels, die es leicht macht, hast du davon gehört? Die sieht beim Sterben nur, wer glaubt und betet.

Nicht einmal nachdem er unterschrieben hatte bei Ars M., war er in Versuchung geraten, rückfällig zu werden.

Nun plötzlich waren sie wieder da, Engel und Teufel, die Hölle und die Sünde, auf den Plan gerufen durch die Geschichte eines Juden, der Männer liebte, was ihm doch ebenso bei Todesstrafe verboten war wie einem Christen oder Muslim. Das Buch Levitikus fand sich im Alten Testament.

Woran glaubte er, Horowitz?, fragte Robert.

Kaufmann ließ ihn vom Kalbfleisch befreien.

An die Musik. Und wenn es ihm gut ging, glaubte er an sich. Dann küsste er seine kleinen Finger und sagte: Sind sie nicht göttlich?

Und Gott, was war mit dem?

War für ihn der größte Musiker aller Zeiten.

In der Suite stand im Sommer 1937 auch hier ein Steinway. Horowitz spielte seinem Schüler vor, oft etwas von Komponisten, deren Namen Kaufmann zum ersten Mal hörte, Medtner oder Kabalewski. Du kannst vom Zuhören lernen, sagte er, wenn du richtig zuhörst. Also lerne am besten erst einmal Zuhören.

Kaufmann schwieg und schaute, als lauschte er etwas Verhallendem nach, so wie wenn sich ein Musikantenzug entfernt.

Zuhören – Zuhören. Ich war vom Zuschauen absorbiert.

Wenn er da bei offenem Fenster im Heuduft am Flügel saß und das Nachmittagslicht durch die rote Markise fiel, verschwand diese bleierne Schwermut aus seinem Gesicht.

Was?, fragte Robert. Was verschwand?

Die bleierne Schwermut.

Manchmal überraschte es die beiden während des Mittagessens, manchmal am frühen Abend: Horowitz wurde ans Telefon gerufen. Fahrig stand er auf, hastete hinaus. Kam er zurück, schwitzte er aus allen Poren, japste nach Luft, trocknete die Stirn mit Serviette oder Taschentuch, riss sich die Fliege herunter, öffnete fiebrig die oberen Hemdknöpfe. Und dann war sie wieder da, diese …

Kaufmann zog seine Brieftasche heraus, entnahm ihr ein Foto von Horowitz, gut gelaunt, ein Schnappschuss. Er deckte die Augen ab. Sehen Sie, was für ein Lachen, ein Kinderlachen explodiert da.

Nun deckte er den Mund zu. Und jetzt, sehen Sie, nichts als Schwermut.

Es hatte Kaufmann damals nur einen Kuss gekostet, vielleicht auch zwei, drei angenehme Küsse, die Saaltöchter schmeckten nach Karamell, um zu erfahren, wer da Tag für Tag anrief oder sofort zurückgerufen werden wollte – Madame Horowitz.

Wanda nannte er sie nie, nur *meine Frau*, ab und zu *Madame*. Ihr Vater war niemals Arturo, selten *mein Schwiegervater*, meist war er *Toscanini* oder *der Maestro*.

Wanda. Kaufmann sprach den Namen oft allein vor sich hin, um ein Gefühl für sie heraufzubeschwören. Wanda. Was für ein pathetischer, opernhafter Name, als hätte der Nachname nicht schon genügt. In seiner Grundschulklasse hat es einen namens Attila gegeben. Jedes Mal, wenn er seinen Namen nannte, hatte ihm irgendeiner ans Bein getreten. Zum ersten Mal dämmerte es Kaufmann, welche Last es war, Toscaninis Tochter zu sein.

Er deutete mit der Gabel auf ein Sideboard an der gegenüberliegenden Wand. Damals stand dort ein Radioapparat.

Am 30. Juli 1937 ließ Horowitz zwei Sessel direkt davor stellen. Toscanini dirigierte zum ersten Mal eine Mozartoper bei den Salzburger Festspielen. Der erste Akt war bereits vorbei. Horowitz hatte diese bourgeoisen Frühabendesser und Schlagerliebhaber verflucht, die Schuld daran trugen. Nun saß er da, die Handflächen aneinandergelegt und zwischen die Kniegelenke gepresst.

Tamino sang: *Pamina mein! O welch ein Glück!*

Gleich hörst du den Maestro, flüsterte Horowitz. Obwohl er kein Deutsch spricht, hat er das ganze Libretto auswendig gelernt. Alle fürchten ihn, die Sänger, die Orchestermusiker, seine Frau, seine Kinder, er ist furchtbar und unerbittlich.

Da war sie, eine fadendünne Stimme. Toscanini sang aus dem Orchestergraben zusammen mit Tamino. *Hier sind die Schreckenspforten, / die Not und Tod mir dräun.* Und dann sang Toscanini mit Pamina: *Ich werde aller Orten / an deiner Seite sein.*

Horowitz zitterte. Die Hände zwischen den Knien zitterten, die Knie zitterten. Der Oberkellner legte Horowitz ein kariertes Plaid auf den Schoß, platzierte ein Glas mit heißem Kamillentee neben ihm und stellte das Radio ab.

Horowitz blieb sitzen, das Zittern verebbte. Sie wird mich beschützen, das wird sie, das kann sie, die Tochter von Toscanini, man fürchtet auch sie.

Kaufmann schloss die Augen.

In dieser Nacht wollte er nicht allein sein. Die Gardinen waren geschlossen, das Bett aufgedeckt. Ich wusste, draußen war es warm und mondhell und die Luft gesättigt von Alpenwiesen und Honig und den Nadelhölzern ringsum. Mir war, als müsste ich ersticken. Horowitz hatte sich ins Badezimmer zurückgezogen. Ich schob den Samt zur Seite. Die Jalousien waren herabgelassen, die Fenster verriegelt. Ich riss die Jalousien hoch, die Fenster auf, hörte und roch und schaute in die Mondnacht hinein, als er schrie: Du Idiot! Wer meinen Schlaf zerstört, zerstört mich. Idiot!

Zwei Etagenkellner wurden herbeigeklingelt. Erst als sie jede Ritze des Ladens und der Gardine geschlossen und mit einer Rolle auf der Fensterbank noch die Jalousienunterkante abgedichtet hatten, beruhigte sich Horowitz.

Auf dem linken Nachttisch lag eine Zeitungsseite, deutsch, zu einem Rechteck im Briefformat gefaltet. *Homosexuelle sind eine rassenvernichtende Entartungserscheinung. Heinrich Himmler kündigt neue Sonderaktion an.* Mit grüner Tinte war an den Rand gekritzelt:

Jude sein ist denen wohl noch nicht genug, sagt er über Leute wie uns. Er bedauert, dass er schwule Juden nicht zwei Mal liquidieren lassen kann. Volodja, komm rüber, bevor es zu spät ist. Cesco.

Ich wusste, wer Cesco war, dank Alice und Christoph Bernoulli in Basel. Dort hatte ich versucht, mehr über Horowitz zu erfahren.

Äußerlich hatte Cesco, offiziell Francesco von Mendelssohn, keinen Makel, nicht den geringsten, ob er rotes Leder trug, ein gelbes Abendkleid oder gar nichts außer seiner Körperbehaarung. Da er in der Holbeinstraße 69 nie eine Tür schloss, auch nicht die zur Toilette oder zu seinem Schlafzimmer, wussten das die Gastgeber so gut wie seine Liebhaber. Hinter der braven Fassade der Holbeinstraße 69 lag nicht nur Europa, dort lag auch einer der kultiviertesten Schwulentreffpunkte des Kontinents. Gustaf Gründgens, Magnus Hirschfeld, Harald Kreutzberg, Ramon Navarro, Klaus Mann, Jean Cocteau, Horowitz. Und Francesco, Nachfahre von Moses Mendelssohn, Millionenerbe und begnadeter Cellist. Cesco hatte einmal versucht, Horowitz seinen sogenannten Sekretär Jonny auszuspannen, mit dem lebte und reiste er damals schon sechs Jahre. Horowitz rastete aus, als Cesco sich bedienen wollte; Jonny sei ein anständiger Kerl, ganz übel, dieser Versuch, ihn zu verderben. Später hatte sich Horowitz mit Cesco versöhnt. Seit der Hochzeit mit Wanda war jeder beleidigte Intimfreund mit Rachegelüsten ein Sprengsatz.

Ich ertrug alles, um für Horowitz unverzichtbar zu werden. Sah es ihm nach, wenn er flennte wegen eines eingerissenen Fingernagels, an einer Forelle blau so lange herummäkelte, bis sie auch mir nicht mehr schmeckte, oder mich eine Etüde zu Ende spielen ließ und dann sagte: Schon beim ersten Takt wusste ich, das wird nichts.

Er blieb vorsichtig, war ständig auf der Hut, nicht nur, wenn wir auf der Terrasse beim Essen saßen oder wanderten, was ihm Rachmaninow gegen seine Depressionen verordnet hatte. Horowitz wusste, dass ich, wenn ich in Zürich war, bei meinen Eltern am Seefeldquai wohnte, die Post also durch deren Hände ging, und er schrieb, obwohl er sich für die Fehler schämte, fast immer auf Deutsch, warum verriet er nicht. Es war seine Idee, sich mit mir einen Code für unsere Briefe auszudenken. *Chopinspielen* gleich Heteroverkehr, *Brahmsspielen* gleich Homoverkehr und *Jonnyspielen* ... das können Sie sich denken. Dass er auch noch den Begriff *Tierchen* erfand, schien mir heikel, wer bitte durchschaute das nicht? Aber er war ganz verliebt in das Tierchen und kicherte kindisch über alles, was ihm zu seinem und meinem Tierchen einfiel. War er guter Laune, buchte ich das als Plus auf mein Konto, kam seine Schwermut, fühlte ich mich irgendwie schuldig.

Als er wieder einmal ans Telefon gerufen worden war, schwitzend zurückkehrte, sich die Fliege vom Hals riss und ...

Pardon, meine Herren.

Ein Mann in der Rüstung der Businessritter, Dreiteiler, tiefseetaugliche Armbanduhr, originelle Krawatte, trat an den Tisch, drückte die rechte Hand dorthin, wo die Weste sich wölbte, und senkte den Scheitel etwas in Richtung Robert.

Irre ich mich, oder sind Sie Herr Donati? Ich kenne Sie nur von einem Foto. Mein Verlobter, hat meine Schwester gesagt und …

Sie heißen?, sagte Robert.

Als der Businessritter seinen Namen nannte, zerrte Robert an seinem Kragen. Alle drei sahen dem Perlmuttknopf nach. Er kullerte über die Tischkante aufs Parkett und rollte unter das Sideboard, auf dem früher einmal ein Radioapparat gestanden hatte.

Flucht nach vorn, nannte es Kaufmann.

Das einzige freie Stück Wand zwischen den Aktenordnern beanspruchten ein großer Kruzifixus, blass und blutig, und die Uhr darüber. Den einheimischen Besuchern der Polizeidienststelle Engelberg fiel das nicht auf. Donati stand neben Kaufmann am Schalter, sein Adamsapfel hüpfte.

Was ist das Gegenteil einer Vermisstenmeldung?, hatte er gefragt.

Fundsache?, hatte der eine Beamte es probiert, der andere hatte das verworfen. Ein, zwei Minuten lang war nur das Ticken der Uhr zu vernehmen. Donati entschloss sich zur Prosa ohne Überschrift. In den Gesichtern der beiden Beamten ging die Weihnachtsbeleuchtung an; Sensationen waren hier selten.

Gründe für die überstürzte Abreise aus Ihrer Villa in Meilen, Herr Doktor?

Persönlich.

Gründe für Ihr Untertauchen?

Persönlich.

Zweck der Reise?

Persönlich.

Der Protokollant trug drei Mal *persönlich* ein und verzichtete auf Nachfragen. Nur eins: Ob seine Verlobte verständigt werden solle.

Ich glaube, das ist nicht mehr nötig.

Als Donati und Kaufmann nebeneinander aus der Tür traten, blendete sie Blitzlicht blind. Reifenquietschen, Auspuffgetöse, nicht einmal das Kennzeichen oder den Autotyp konnten sie noch erkennen.

Sie standen vor dem Haus, ihre Gedanken waren drin geblieben.

Hörbar atmeten sie ein und aus, als könnte das die Gedanken herausholen.

Diese Luft, Horowitz liebte sie. Die Berge so nah, sie ist unverdorben. Mit der Luft ist es wie mit der Musik, hat er gesagt. Sie befreit dich aus der Enge, und sie kann nicht lügen.

Donati reagierte sofort. Hat er von Enge gesprochen, wörtlich?

Ich glaube schon.

Kaufmann verschwieg, dass ihn damals nur das mit der Lüge beschäftigt hatte. Er war in jenen Jahren ein Akrobat gewesen auf dem Hochseil der – Lügen? Nein, der diplomatischen Lösungen, der friedliebenden Ausflüchte, der Schwindeleien, die anderen das Leben leichter machten und ihm selbst auch. Wenn es allerdings stimmte, dass Musik nicht lügen konnte, anders als die Sprache, anders als die Bilder, dann ertrug sie auch das nicht. Vielleicht fehlte genau das seinem Klavierspiel, die Wahrheit des Gefühls. Das war Kaufmann jedoch erst später, sehr viel später eingefallen. Damals fragte er sich nur, ob Horowitz bewusst vom Lügen geredet hatte, weil ihm die Techtelmechtel seines Geliebten doch nicht entgangen waren.

Kennt man Sie?, fragte Donati.

Kaufmann glotzte ihn an. Wie ... kennt man mich?

Sind Sie bekannt als aktiv in bestimmten Kreisen?

Aktiv? Kaufmann blinkte ihn an. Nur weiter so, das baut mich auf.

Donati wirkte nicht amüsiert.

... Kreisen? In zweien, ja. Im Kreis 4, wie Sie wissen. Und im *Kreis*, dem *Kreis*, älteste Schwulenorganisation des Landes und Magazin gleichen Namens.

Sie versanken beide in sich und tasteten stumm die Möglichkeiten ab.

Wäre es schlimm für Sie, was die Leute dann dächten? Kaufmann sprach geradeaus blickend in die Straße hinein, wo kein Abfall auf dem Pflaster lag, kein Fahrrad an der Wand lehnte, kein Kind Eis sabberte, niemand schlurfte, kein Hund einen Haufen hinterlassen hatte, nichts blättern, bröckeln oder stinken konnte.

Donati schwieg.

Ausweglos, flüsterte er dann. Die Straße hier ist schrecklich.

Er wolle zurück nach Zürich.

Kaufmann war stolz auf seinen Ruf als guter Beifahrer, ein lächelnder Buddha, die Hände auf dem Bauch. Wenn er dann noch hinzufügte, er selbst sei ein lausiger Autofahrer, flogen ihm die Sympathien schwarmweise zu. Nun wurde es ihm ungemütlich. An unübersichtlichen Stellen überholte Donati, während des Überholvorgangs verlangsamte er, vor Bodenwellen bremste er, ständig schaute er in den Rückspiegel und beschleunigte, sobald ein Tempolimit auftauchte. Er griff an seinen Hals, öffnete das Fenster; es zog. Er kurbelte das Fenster wieder hoch und bat Kaufmann, das auf seiner Seite zu öffnen.

Es ist die Frau, die Sie nervös macht, oder?, fing Kaufmann schließlich an. Seine Frau, bei der waren wir doch stehengeblieben. Ich wollte in diesen vier, fünf Wochen mit Horowitz unbedingt herausbekommen, warum Wanda ihren Mann zum Schwitzen brachte. Es waren schon eineinhalb Wochen vergangen, da fiel mir wieder ein, was Milstein gesagt hatte: Wenn Sie Daten aufeinanderlegen, können Sie oft den Zusammenhang erkennen. Jetzt endlich stach es mir ins Auge, unfassbar, wie ich das bisher übersehen konnte. Seit 1934 war Horowitz depressiv, und 1934 war das erste Jahr seiner Ehe.

Ich spürte ihn gelöst an meiner Seite, gleichmäßig paffte er im Liegen an die Decke, da traute ich mich. Warum er Wanda geheiratet habe. Er antwortete so bedeckt, dass ich ihn nur mit äußerster Anstrengung verstand.

Als er sie im Frühjahr 1933 nach dem ersten gemeinsamen Konzert mit Toscanini in New York auf einer Party traf, gehörte er nirgendwo mehr hin. Von seinem russischen Manager hatte er sich getrennt, das Triospielen mit den Freunden Milstein und Piatigorsky hatte er zugunsten der Solokarriere aufgegeben, in die Sowjetunion zurückzukehren war undenkbar. Auch Musiker, hatte man ihn wissen lassen, waren bereits vom Gulag verschluckt worden. Der Boden in Berlin, wo er sich frei, geliebt und verstanden fühlte, war für Juden vergiftet. Jonny, sein deutscher Sekretär, hatte erklärt, er wolle heiraten, um keine Scherereien zu bekommen.

In Russland hängt in jedem Wohnzimmer eine Ikone, fing Horowitz auf einmal an. Sie hängt immer weit oben über Eck, anders und höher als die übrigen Bilder. Das ganze Zimmer ist eigentlich nur für die Ikone da. Wo sie ist, da ist man daheim. Wenn ein orthodoxer Christ sein Haus verliert, wenn er ins Gefängnis gehen muss oder in die Fremde auswandern, steckt er irgendeine kleine Ikone ein. Mit ihr hat er die Heimat in der Tasche. Wir haben so etwas nicht. Aber Toscanini ist für mich eine Ikone, und seine Tochter ist ein Teil davon.

An den folgenden Tagen wollte Horowitz ständig Chopins cis-Moll-Etüde von mir hören, die siebte aus Opus 25, die einzige langsame, nichts zum Eindruckschinden. Sie begann mit einem einstimmigen Rezitativ, es erinnerte stark an das des Baritons in Beethovens Neunter, *O Freude*. Beethovens Klaviersonaten, urteilte Horowitz, seien für jemanden geschrieben, der schlecht Klavier spiele. Das einzige große Beethoven-Opus, das ihm damals – er war immer so frei, seine Meinung komplett zu ändern – unter die Finger kam, war die Transkription der Symphonien von Liszt. Die Neunte, fand Horowitz, sei im Original eine Rücksichtslosigkeit den Sängern gegenüber, volles Pathos mit voller Stimme nach derartig langem Warten. Warum also ausgerechnet diese Etüde?

Du brauchst ein Stück, das du jederzeit vorspielen könntest, erklärte er. Vorspielen? Wozu und wem? Ich plante keinen Auftritt, und meine Prüfungen hatte ich hinter mir. Brahmsspielen schien mir jetzt wichtiger zu sein. Aber Horowitz ließ nicht locker. Innig, mahnte er wieder und wieder, wenn er zuhörte. Er kannte deutsche Wörter, die alles andere als geläufig waren. Das muss ganz innig sein. Wenn er das sagte, bewegten sich seine Nasenflügel, wie wenn er eine besonders schwierige Passage spielte.

Er musste aufbrechen nach Salzburg, Schlussphase der Festspiele, *Fidelio* unter Toscanini. Die Leonore war angeblich seine Geliebte.

Beethovens Oper war in den Ohren von Horowitz keine richtige Oper, dramaturgisch total missglückt, und Salzburg entnervte ihn, schon wegen der in Tracht verkleideten Prominenz. Trotzdem musste er antanzen, der Familienclan wartete vor Ort samt Wandas Schwester und Schwager, alle zusammen auch noch in einem Privatquartier außerhalb. Er stieg ins Taxi, als ginge es zu seiner Beerdigung. Ich hielt die Wagentür auf. Warte, einen Moment, warte. *Horowitz c/o Toscanini, Villa Baillou, Liefering bei Salzburg* kritzelte er auf einen hellblauen Hotelblockzettel. Schreib mir, schreib mir mindestens zwei Mal die Woche und beantworte meine Briefe sofort. Ich warte darauf. Übe die cis-Moll-Etüde, *très melodique* und ernsthaft, hörst du? Ernsthaft!

Donati wiederholte das Wort murmelnd, als suchte er herauszuschmecken, was daran nicht stimmte. Er schwieg, bis kurz vor Zürich.

Sie sind ein kluger Mann, sagte Kaufmann schließlich. Ernsthaft passte nicht zu mir. Innig auch nicht.

Die Bar im Hotel Bellerive war schlecht besucht an diesem Abend, noch zu früh, meinte der Barkeeper, der mit weichem Lappen die Art-Déco-Kurvaturen polierte. Das sei ihm nur recht, meinte Kaufmann. Er lasse sich übrigens nun gern zu einem Glas Champagner einladen, bei einer Villa in Meilen direkt am See müsse das drin sein.

Ein Hinweis zur Auflösung des Rätsels mit dem Vorspielstück kam im Oktober 1937. Vom 20. Oktober bis zum 10. November werde er in Zürich sein, schrieb Horowitz, Nico solle ihm eine Suite buchen, nicht in seinem bevorzugten Bellerive, luxuriös, aber zweite Reihe, wie gewohnt, sondern im Baur au Lac. Meine Frau will *nur dieses Hotel.* Kaufmann machte alles richtig als geübter Akrobat auf dem Hochseil der – Lügen.

Dummerweise sei das Wunschdomizil von Madame in der fraglichen Zeit ausgebucht, vielleicht das Bellerive?

Es war ein Eckzimmer, zwei Stock über uns, besonders schön. Die ersten Tage war Horowitz allein. Dann saß sie neben ihm auf dem Kirschholzsofa der Familie Kaufmann, Seefeldquai 17. Die Augen tiefliegend und kobaltblau, die Augenbrauen gradlinig, buschig, schwarz, die Falte dazwischen verriet den Zorn. Einwandfrei Toscaninis Tochter. Ihre Haut war weiß getüncht, ihr Mund dick grellrot geschminkt.

Ob er seiner Frau etwas vorspielen könne, fragte Horowitz seinen Schüler. Sie sprach Französisch, auch mit ihm, ein kantiges, fast schartiges Französisch, kein Wort Deutsch.

Jetzt verstand Kaufmann, warum Horowitz deutsch an ihn schrieb.

Ich schätze besonders diese Chopin-Etüde, die beginnt wie das Baritonrezitativ aus Beethovens Neunter, kam es von ihr. Sie wissen, mein Vater und Beethoven, das ist wie …

Ich weiß, Madame, sagte Kaufmann, ich weiß. Er sah, dass Horowitz aus allen Poren schwitzte und an seinem Kragen fingerte. Auch ihm wurde heiß. Es ging um seinen Schülerstatus, möglich, dass Wanda etwas witterte. Kaufmann hatte Milstein im Ohr. Wir haben uns damals gewundert, als Horowitz erklärte: Ich habe mich mit Toscaninis Tochter verlobt. Er selbst wunderte sich auch. Was will ich eigentlich von ihr?, fragte er uns. Frauen sind unnötiges Gepäck. Meine Verlobte kann nichts, außer mir zu sagen, ob ich gut oder schlecht Klavier gespielt habe.

Das konnte sie.

Als Kaufmann fertig war, Stille.

Kein Applaus vom Vater, kein Applaus von Mutter oder Lehrer. Er klebte auf dem Klavierhocker, das Schweigen verkrampfte sich wie sein Rücken. Da schlug Wanda Horowitz die Handflächen zusammen, hart und trocken, als trüge sie Handschuhe, vier, fünf Mal.

Kaufmann stand auf, sah, wie Horowitz das nasse Taschentuch auf den Teetisch legte, suchte seinen Blick.

Horowitz starrte auf die Teetasse seiner Frau. Rot leuchtete der Lippenabdruck an dem weißen Porzellanrand.

Und wie?, fragte Donati. Erinnern Sie sich noch, wie er starrte?

Angewidert, sagte Kaufmann.

Donati bestellte zwei weitere Gläser. Er brauchte noch ein halbes.

In meiner Zeitungsannonce stand: Schlank und natürlich. Beim ersten Treffen streckte sie mir beide Hände entgegen. Gepolsterte Hände mit künstlichen Fingernägeln, signalrot und lang.

Thomas Mann hasste sie auch, er nannte sie rote Krallen.

Sie kannten ihn? Persönlich, ich meine privat?

Kaufmann nickte.

Donati kippte den Rest seines Champagners mit geschlossenen Augen, während seine Linke den Rand des Sessels umklammerte.

Kaufmann beobachtete ihn dabei. Übrigens, den *Kreis* gibt es seit neunzehn Jahren nicht mehr, und das Magazin auch nicht.

Donati unterdrückte ein Gähnen, lehnte sich zurück, streckte die Beine aus und verschränkte die Arme.

Ich habe das Gefühl, dass diese Nachricht Sie beruhigt, sagte Kaufmann. Dann sehr leise: Schade.

VII

Als Donati seine Haustür aufschließen wollte, sah Kaufmann, wie der Schlüssel mehrfach den Schlitz im Schloss verfehlte. Dann war ein trockenes Rauschen zu hören. Ohne sich danach zu bücken oder auch nur einen Blick darauf zu werfen, raschelte Donati durch die Post auf dem Boden. In der Diele roch es nach nichts, so sehr nach nichts, nicht nach Mensch oder Tier, Holz, Essen oder wenigstens Blumenerde, Möbelpolitur, Putzmittel oder einfach ungelüftet, dass Kaufmann seiner Nase nicht traute. Bis sie in das Zimmer mit Panoramafenster kamen, das wohl als Wohnzimmer galt, hatte Kaufmanns Blick noch nichts entdeckt, worauf er hätte ruhen wollen.

Donati ließ sich in einen weißen Ledersessel fallen und zeigte auf den weißen Ledersessel gegenüber. Die Standuhr taktete das Schweigen. Donati hatte darauf bestanden, Kaufmann sein Haus zu zeigen. Für Kaufmann hatte sich das angehört, als wollte Donati sich endlich zu erkennen geben. Vielleicht ging er davon aus, dass dieses Haus, das niemandes Heim sein konnte, in einem Garten, hartblättrig und blütenlos jetzt mitten im April, schon alles über ihn aussagte. Kaufmann wartete. Donati schien ebenfalls zu warten. Worauf? Auf einen Kommentar zur Architektur oder zur Lage des Hauses? Auf die Frage, wovor er geflohen war oder ob er hier jemals mit jemandem gewohnt hatte?

Neben ihm an der Wand stand eine esstischgroße rechteckige Kommode, schwarzer Japanlack, bis auf Brusthöhe eine flache Schublade über der anderen, keine Handbreit hoch.

Was ist das, was ist da drin, in dieser Kommode? Kaufmanns Stimme hallte.

Das ist meine Schmetterlingssammlung. Wollen Sie sehen?

Lieber nicht, ich war selbst mal einer, sagte Kaufmann.

Ein Schmetterlingssammler?

Nein, ein Schmetterling. Könnten Sie bitte ein Fenster öffnen?

Irgendwo blühte doch etwas, im Nachbargarten oder wild. Kaufmann sog die Luft ein wie einer, der heimkehrt. Dann wollte er wissen, warum Donati Schmetterlinge sammelte.

Nicht aus Forscherinteresse, nein. Ich liebe sie, vor allem die leuchtenden und die schillernden, ich bin verrückt nach ihnen, schon seit ich halbwüchsig bin, jage ich sie, aber ihr Gaukeln macht mich beinahe wahnsinnig, es raubt mir jede Ruhe. Die finde ich erst, wenn ich ihnen die Nadel durch den Körper steche.

Kaufmann beobachtete ihn beim Reden. Donatis Gesicht wirkte länger und schmaler, seine Nase größer, die Haut blasser, und auf einmal fielen ihm die bläulichen Ringe um die dunklen Augen auf. Er sah Horowitz vor sich. Sie hätten sich verstanden, sagte er.

Wer?, fragte Donati.

Horowitz und Sie.

Auf der anderen Seite von Donatis Oberkörper sah er in der Regalwand, unter leuchtendfarbigen Vasen in fast identischen Formen und nach Größe sortierten Büchern, einen Plattenspieler stehen, dahinter die Hülle. Donati folgte seinem Blick.

Liegt noch auf, was Sie zuletzt gehört haben?, fragte Kaufmann.

Donati schwieg.

Kaufmann verspürte auf einmal, wie seine Ratlosigkeit ihn erschöpfte. Das Gespräch war nicht in Gang zu bringen, es war festgefahren wie ein Automobil im Schlamm. Jede Sekunde, in der keiner etwas von sich gab, vertiefte die Spuren noch weiter.

Der Lärm detonierte ungeheuer laut und ungeheuer nah. Beide zuckten zusammen. Noch einmal krachte es. Keiner zeigte dem anderen seinen Schrecken, beide lauschten dem Geräusch nach. Beim dritten Mal versperrte der Schock nicht mehr das Hinhören. Es war nur ein harter Schlag gegen die aluminiumgepanzerte Haustür.

Ich erwarte niemanden, sagte Donati.

Kaufmanns leises *Ich glaube, Sie sollten öffnen* ließ er an sich herunterlaufen.

Also ging Kaufmann zum Eingang. Vor der Tür stand eine Frau mit zwei Golfschlägern in den Händen. Sie trug eine wetterfeste Jacke, fahlblondes Engelshaar um ein Marzipanoval und Lippenrot auf einem schönen Mund. In ihrer Miene entgleiste nichts, als sie einem Fremden gegenüberstand.

Dachte ich es mir doch, sagte sie, der Typ neben ihm auf dem Foto. Sie drängte sich an Kaufmann vorbei und machte erst auf der Schwelle zum Wohnzimmer halt. Einen Golfschläger ließ sie auf den Marmorboden scheppern, den anderen hielt sie mit einem roten Handschuh umklammert.

Es wäre mir lieber, du hättest mich mit einer Frau betrogen, sagte sie. Dann hättest du mir wenigstens meine Würde gelassen. Dann hob sie den Golfschläger, schob ihn ganz rechts in ein Fach der Regalwand und fegte alles, was darin an Büchern stand, auf den Boden.

Kaufmann wagte nicht, ihr in den Arm zu fallen. Sein *Halthalthalt!* hoppelte lächerlich durch den Raum. Donatis leblose Haltung verriet, dass er das alles geschehen lassen wollte.

Fach für Fach räumte sie leer. Venini-Vasen übersäten den weißen Grund mit kaleidoskopbunten Glassplittern. Sie arbeitete kontrolliert und konzise, schrie nicht, stöhnte nicht einmal, obwohl ihr angespannter Hals und der Schweiß auf Stirn und Nase verrieten, wie viel Kraft sie das kostete.

Donati saß festgefroren im Eis seines Ledersessels.

Alle Fächer waren geleert. Sie ging auf den Plattenspieler zu, ließ den Golfschläger fallen, verharrte. Donati wandte den Kopf nicht. Sie nahm die Hülle in die Hand, sagte laut: Auch noch angekreuzt, drei Minuten eine Sekunde, klappte den Deckel des Plattenspielers hoch, setzte den Tonarm auf. Die ersten Akkorde der Träumerei stiegen über der Zerstörung auf. Für Kaufmann besaß dieses Schlachtfeld aus zerschelltem Glas und Hochglanzbänden, die auf dem Bauch gelandet waren, mehr Leben als das, was vorher gewesen war.

Kaufmann hörte es, bevor er es sah. Donati weinte, er weinte in sein trockenes Gesicht hinein, dem ersten Regen nach einer Dürreperiode gleich.

Donatis Verlobte sah ihn an wie einer der Bauern, die auf diesen Regen sehnlich gewartet hatten und enttäuscht waren, wie lächerlich schwach er ausfiel. Dann richtete sie den Blick auf ihre Armbanduhr. Zwei rasche Schritte, der Tonarm schrammte über die Scheibe, und die Musik soff ab.

Die Verlobte legte die Platte vor dem starr tränenden Donati auf den Boden und trat mit scharfem Absatz mehrere Male darauf. Sie griff die Golfschläger, richtete sich stolz und frei auf und wandte sich ab. Leise schnappte die Tür ins Schloss.

Donatis Tränen versickerten. Sein Blick schien zu flehen: Reden Sie, erzählen Sie, sagen Sie irgendetwas.

Kaufmann kramte nach geeigneten Sätzen.

Stark, dieser Auftritt.

Nein, das ging gar nicht.

Wie sie nur drauf kommt, dass wir beide …

Ging auch nicht, außerdem, sie konnte darauf kommen, das Foto, der Bruder im Hotel.

Natürlich Blödsinn, was sie da gesagt hat: Es wäre besser für sie, mit einer Frau betrogen zu werden. War aber nicht selten, dieser Blödsinn, dass eine Frau meinte, ihr Mann sei schwul geworden, weil der Sex mit ihr zu schlecht war. Das zu sagen war jedoch unmöglich, total unmöglich. Schon weil Donati noch unbeschrieben schien.

Würde – eigenartig, dass sie das Wort Würde benutzt hat, sagte Kaufmann. Meine Eltern haben zum ersten Mal von Würde geredet, als es ans Sterben ging.

Donati schoss hoch, er trat ans Panoramafenster.

Er sprach, Kaufmann den Rücken zukehrend, die Schultern hochgezogen, die Hände in den Hosentaschen zur Fensterscheibe. *... denn alle Schuld rächt sich auf Erden.*

Von wegen, dachte Kaufmann, das wurde sogar durch den Dichter dieser Worte widerlegt. Seinen einst so engen Freund Lenz hatte Goethe fallen lassen und sich nicht darum geschert, als der anonym in der Moskauer Gosse verendete und als Seziermaterial in der Anatomie landete; Goethes Ruf als Gönnerfreund hatte das nicht geschadet. Seine eigene Frau hatte Goethe elendeinsam vier Zimmer weiter vor Schmerzen schreiend verrecken lassen. Er selbst starb angenehm. Es würde einiges zurechtrücken, das zu erzählen, doch vom Sterben reden, jetzt und hier, in diesem Haus, das so tot war, als hätte es nie gelebt? Nein. Kaufmann wühlte in seiner Erinnerung nach einer Geschichte, einer Anekdote, einer erlebten Episode, die einen Rat in sich barg. Erzählte er, tat das Donati offenbar gut. Ihm selbst hatte es auch immer gutgetan, wenn Großmutter, Mutter oder Vater Märchen erzählt hatten von Tieren, die Menschen halfen, nur weil die ihnen zugehört hatten, von listigen Untermutigen, Mutigen und Übermütigen, die alle Gewalt aus den Angeln hoben, von Simpeln, die erkannten, dass die großen Fragen ganz einfach waren, von greisen Weisen, die Irrende zur Liebe zurückführten. Das Beste wäre, weiter von Horowitz zu erzählen. Jetzt käme Paris an die Reihe, wo sich Horowitz eine Art von Zuhause eingerichtet hatte, der Winter 1937, 1938, als er seinen Schüler eingeladen hatte, bis Ende März dort privat bei ihm weiter zu studieren. Er und Wanda wohnten im Hotel San Régis, zwei Zimmer, echtes Rokokomobiliar, Perserteppiche, Salon mit Steinway, Marmorbad, Kaufmann im Gästezimmer bei Freunden seiner Eltern, gut gelegene Wohnung, Familienanschluss nicht erwünscht, zu seiner Erleichterung. Paris war eine blühende Wiese für jeden Schmetterling, der einfach hinwegflog über die Hungerbäuche der Arbeitslosen, den Rußschweiß der Demonstranten und die Panik derer, die Hitlers Schlächtern entkommen waren. Kaufmann erinnerte sich noch genau, wie er nackt posierte im Fotoatelier, ein blonder griechischer Gott, wie er in der Künstlergarderobe des Theaters andächtig auf die zur Schau gestellten Prachtgenitalien von Jean Marais starrte, wie ihn die geschickten Hände des algerischen Masseurs im Hamam der Bains Russes verwöhnten. Doch das passte nicht zu dem, was hier gerade geschehen war.

Den Raum erfüllte noch immer bis zur Decke eine explosive Mischung aus Wut und Angst, aus Hilflosigkeit und Angriffslust. Ein Funken genügte, und das Ganze ginge in die Luft.

… denn alle Schuld rächt sich auf Erden, wiederholte Kaufmann leise. Sie glauben also an Gerechtigkeit? Sogar an irdische Gerechtigkeit?

Er hätte sich auf die Lippe beißen müssen, was er der Lippen wegen nie tat; Donati war Jurist, Einserjurist.

Er stand als Säule vor dem Graublau des Sees und des Himmels.

Wolken zogen langsam dahin. Das Licht war mild, die Luft war ruhig.

Dieser weite Blick macht jeden weit – dachte ich, sagte Donati.

Aber es wurde immer enger, sagte Kaufmann.

Donati riss es herum. Woher … Was sagen Sie da?

Ich spreche von Horowitz in Paris. Durch die Stäbe des Käfigs, in dem er mit Wanda hockte, musste er mir, dem Schmetterling, zusehen, der auf jeden Stempel flog. Horowitz litt.

Und das ließ Sie kalt?

Donati klang auf einmal lebhaft.

Kaufmann freute sich darüber, wie er sich über die erste Blume freute, die im Februar durch die Schneedecke brach. Ohne die Stimme zu heben, meinte er: Horowitz hatte das Ganze so eingefädelt. Ich hatte erwartet, dass Wanda früher oder später verreisen würde. Aber sie ging und ging nicht weg, bestenfalls zum Einkaufsbummel bei Juwelieren und Couturiers. Als ich nach Paris reiste, hatte ich ein fertiges Feindbild im Gepäck: Sie war der Grund seiner Depressionen, die Depressionen waren der Grund für seine Auftrittsphobie, also musste Horowitz sie verlassen. Offenbar aber verfolgten die beiden einen gemeinsamen Plan, in dem ich vorgesehen war als von Wanda geduldeter Hausfreund. Ich sollte Horowitz wieder instandsetzen, Konzerte zu geben. Wanda hatte ihn geheiratet, weil er wie ihr Vater der Beste seines Faches war. Bewies er das nicht vor der Öffentlichkeit, war der Ehemann wertlos für sie.

Paris war wohl als Versuchslabor vorgesehen. Gab sie irgendwann ihr Placet, konnte er sich diskret seine Freiheiten nehmen. Die Situation setzte Horowitz zu. In Gegenwart von Wanda war er reizbar, äußerst reizbar. Er kapselte sich in Schweigen ein und explodierte dann aus dem Nichts. Ich verstand immerhin eins: Ihr Befehl, seine Homosexualität zu unterdrücken, steckte wie ein Gesteinsbrocken im Krater eines Vulkans. Jederzeit konnte der mit Getöse hinausfliegen.

Milstein hatte mir erzählt, dass Volodja früher am liebsten maßgeschneiderte rosarote Hemden getragen hatte. Seit der Verlobung mit Wanda nie mehr. Aber weggeworfen, sagte Milstein, hat er sie nicht.

Donati sprang auf Kaufmann zu, zerrte ihn aus dem Sessel, durch einen Flur in ein schmales Zimmer, an einer Wand nur verspiegelte Schränke, schob eine Türe zur Seite: Rücken an Brust, Rücken an Brust hingen da eineinhalb Meter Hemden in Rosarot. Donati schwankte, lehnte sich an die Wand, schloss die Lider. Weiter, stöhnte er, weiter.

Hier?, fragte Kaufmann. Wirklich hier?

Donati verharrte, die Lider geschlossen.

Und drüben?, fragte Kaufmann, wer macht das weg?

Donati bewegte sich nicht. Rührend, Sie sind rührend, aber das wird bezahlt. Machen Sie weiter.

Beim Silvesteressen im Bœuf sur le Toit, das war die Kantine der Pariser Elite, trug Wanda über ihrem Kleid ein bodenlanges Cape von Elsa Schiaparelli, irgendwie golden bestickt. Der Blick von Horowitz und meiner verhedderten sich kurz vor Mitternacht. Zwei, drei verfrühte Kirchenglocken hatten geschlagen, wir waren bereits aufgestanden, die Schampusgläser in der Hand. Nun war zu erkennen, was auf Wandas Cape gestickt war, mit goldenen Pailletten: ein Drachen. Die anderen prosteten einander zu. Er und ich umklammerten unsere Gläser und starrten immer noch auf diesen Drachen.

Horowitz war abergläubisch. Der Drache bewacht den Schatz, er ist der Kerkermeister der Seele, das weiß ich von Richard Wagner, flüsterte er mir zu. Er spuckt Feuer, der Drache. Hüte dich.

Im neuen Jahr wurde ich krank. Scharlach, ich hatte ihn als Kind gehabt, kaum jemand bekam ihn zweimal. Feuerrot glühte ich auf einer improvisierten Isolierstation im Hôpital Pasteur, einer Glaszelle, die Wände mit Laken verhängt. Mitten in Paris vegetierte ich in diesem Schneewittchensarg dahin. Mein Vater reiste an, weil ich halluzinierte, seine Kollegen im Hospital befürchteten, das könnten Anzeichen des nahen Exitus sein. Nur durch die Scheibe durfte er mich sehen.

Horowitz versuchte, ein Radio hineinzuschleusen, es klappte nicht. Meine Frau hat wahnsinnig geschimpft, klagte er. Er schickte frische Mandarinen, aus Kalifornien importiert, Konfitüre im Kristallglas, Pralinen im Hochglanzkarton, Ananas im gefütterten Korb und Briefe. Meine Briefe dürfen in keinem Fall bei dir gefunden werden!, warnte er ständig. In keinem Fall! Bei einigen hatte er zu Recht Angst davor. Werde wieder reich, spare dein Geld für mich auf, schrieb Horowitz, das hätte jede Nonne verstanden. Er berichtete von Treffen mit schwulen Freunden, aber er betonte: Ersatz kommt nicht infrage, sonst wird es ein Tausch, und das ist unmöglich und soll unmöglich bleiben. In jedem Brief der Befehl, ihn sofort zu beantworten und dann zu vernichten. Natürlich handelte ich zuwider. Zeit, jeden Brief gründlich zu lesen, hatte ich, mehr als mir lieb war. Dann der Schock: Horowitz hatte mich durchschaut. Ich verstehe vollkommen, schrieb er, dass es eine Qual für dich ist, im Bett zu liegen, schrecklich, allein zu sein und nicht bewundert zu werden.

Ein Schmetterlingskenner.

Die Grundlage unserer Freundschaft, mahnte er wieder und wieder, muss die Arbeit am Klavier sein. Zur Camouflage, dachte ich. Wenn du bereit wärst, dein Leben zu ändern, würdest du enorme Fortschritte machen. Was er damit meinte, war klar. Ein Gigolo wie ich konnte niemals ergreifend Klavier spielen. Was ich noch nicht verstand, weil ich es nicht verstehen wollte: Ein Gigolo wie ich hinderte auch Horowitz daran, ergreifend Klavier zu spielen. Seine Treueschwüre hielt ich für Getue, Milstein hatte ausgeplaudert, wie gern er früher im Ausland Schwulenclubs besuchte. Nur zum Gucken? Konnte ich nicht glauben.

Als ich endlich herauskam, die desinfizierten Briefe im Gepäck …

Ihm sei unwohl, stöhnte Donati. Es müsse die Luft hier im Haus sein.

Langsamer als nötig fuhr er in Küsnacht bergauf, als wollte er die Ankunft hinauszögern.

Nein, noch nie, sagte Donati endlich. Obwohl es von mir aus nur ein Katzensprung ist. Ich kam gar nicht auf die Idee, hierher zu fahren, dabei wusste ich ja davon.

Es war ein an den Hang gebautes Haus aus den späten Zwanzigern oder frühen Dreißigern mit Schlagläden, vor dem Kaufmann ihn anhalten ließ. Schiedhaldenstraße 33. Bejahrter, dichter Efeu mauerte glänzend grün gegen die Neugier.

Sie stiegen aus und stellten sich auf die gegenüberliegende Straßenseite. Im Garten war die Schweizer Flagge gehisst.

Dem Herrn Nobelpreisträger behagte es hier nicht, sagte Kaufmann. Er nannte das Haus dilettantisch gebaut und lächerlich hellhörig, dabei war die Architektin damals ein Star in der Schweiz. Der Durchzug schlug Thomas Mann angeblich auf den Darm, und der Zuschnitt des Arbeitszimmers, jammerte er, hindere seinen Geist an der Entfaltung. Zu eng, alles zu eng hier. Oft musste ihn seine Frau nach Zürich hineinkutschieren, damit er in der Bahnhofstraße 46 beim Cigarrenladen Röhm seine Carusos oder Khedive 12, Grand Format einkaufen konnte. Deren Dunst ließ ihn das Ganze besser ertragen. Vielleicht auch sich selbst. Den beiden Jüngsten, die noch bei den Eltern wohnten, Elisabeth und Michael, genannt Medi und Bibi, gefiel das Haus.

Kaufmann deutete nach oben. Ich sehe die vier noch hinter dem weißen Geländer stehen. Katia Mann und Tochter in Hemdbluse und Krawatte, platten, schweren

Schuhen, wuchtigen Faltenröcken und Pullundern, die damals nicht so hießen. Frau Professor, wie wir sagen mussten, hätte sich für mein Gefühl gar nicht verkleiden müssen, sie sah bereits aus wie ein Mann, bewegte sich wie ein Mann, und auch ihre Stimme hörte sich so an.

Donati blickte zum Haus hinauf, als erwartete er, dass auf dem Balkon Ehepaar Mann erschiene. Ich kenne Fotos von ihr in jungen Jahren, darauf war sie betörend.

Ja, eine Mignon mit Glutaugen, voll Verheißung.

Solch ein Wandel sei für ihn kaum nachzuvollziehen, sagte Donati.

Aber Ehefrauen von schwulen Männern vermännlichen fast immer. Proust hat das erkannt, sagte Kaufmann. Ich weiß nicht mehr genau in welchem Teil, aber irgendwo steht es in der *Suche nach der verlorenen Zeit*. Wenn eine Frau auch zunächst keine männlichen Züge hat, nimmt sie die nach und nach sogar unbewusst an, um ihrem Mann durch jene Art von Mimikry zu gefallen, wie gewisse Blumen sich das Aussehen der Insekten geben, die sie anlocken wollen.

Donatis verknoteter Haltung war anzumerken, dass er noch immer misstrauisch war. Und das, fragte er, wollen Sie damals schon gespürt haben? Damals waren doch Thomas Manns Tagebücher nicht publik gewesen, also auch nicht sein Bekenntnis zur Männer- oder besser Knabenliebe.

Im oberen Stockwerk wurde ein Fenster geöffnet, eine Frau in Kittelschürze begann, die Scheiben zu putzen, wobei sie unablässig über ihren nackten Arm hinweg zu den Fremden auf der Straße spähte.

Donati drehte sich um und stieg in Kaufmanns alten Peugeot. Auf der Weiterfahrt erzählte Kaufmann von Medi. Im Herbst 1933 war sie auf seine Schule gekommen, das Freie Gymnasium, damals schon gemischt. Zwei Jahre jünger als die übrigen, schlau, hellwach und linkisch, bei Lateinaufgaben ließ sie jeden bereitwillig abschreiben, von einem Mädchen hatte sie wenig. Zu Hause hatte sie behauptet, Nico würde sie jederzeit heiraten. Er wurde eingeladen und begleitete Medis Bruder bei einer selbst komponierten Bratschensonate. Thomas Mann befand die Sonate für wertlos, den Begleiter Nico für sehr hübsch. Kurz bevor die Manns nach Küsnacht gezogen waren, hatte Nico den *Tod in Venedig* gelesen. Diese Geschichte über die Knabenliebe des Aschenbach, könne so nur einer erzählen, der wie Aschenbach empfinde, eröffnete er Medi. Sie wurde laut und böse. Zum ersten Mal erlebte er sie wütend. Blanker Unsinn sei das. Sie kenne ihren Vater genau, ganz genau.

Sie hatten kein Wort mehr über Thomas Mann verloren und auch nicht über die eineinhalb Meter rosarote Hemden.

Zurück in Zürich, aßen sie in Kaufmanns Wohnzimmer, die Teller auf den Knien, Greyerzer mit Birne und Roggenbrot, dazu Merlot aus dem Ticino. Den Wein hatte Kaufmann Donatis Herkunft zu Ehren ausgewählt, der bemerkte das offenbar gar nicht. Sie hörten einander beißen und kauen und schlucken. Horowitz spielte dazu Beethoven, Apassionata, Mondscheinsonate, Waldsteinsonate, eine Einspielung aus den Fünfzigern.

Also doch, platzte Donati nach dem letzten Akkord aus dem Nichts. Doch Beethoven.

In der Musik, sagte Kaufmann, war er bereit, einen Irrtum zu erkennen, zuzugeben und zu korrigieren. Nur in der Musik.

Er ging zum Regal und entnahm ihm einen von zwei gleich aussehenden Bänden. *Thomas Mann Tagebücher 1937–1939* stand auf dem Rücken. Kaufmann hatte das Lesebändchen eingelegt. Hier ist es, am 19. Februar 1938 hat er etwas geschrieben, das werde ich nie mehr vergessen. Ich hatte die Tagebücher aus den Schweizer Vorkriegsjahren nur gekauft, um festzustellen, ob ich drin vorkam. Und dann machte ich diese Entdeckung. Er stockte, bevor er zu lesen begann. *Bei Tische stellten wir die 33 Jahre unseres Verheiratetseins fest. Das Erschrecken, der Schwindel dabei: Das Leben – ich sagte, ich möchte es nicht wiederholen. Das Peinliche habe zu sehr überwogen.*

Er klappte das Buch zu. Ich habe viele Irrtümer korrigiert, aber einen zu spät. Man könnte ihn für nebensächlich halten, das war er nicht. Meiner betraf Wanda Horowitz.

Donati lauerte, den Kopf auf die Fäuste gestützt.

Wenn Sie als Frau auftreten würden, so wie meinetwegen mein Freund Tiger Lily. Was würden Sie dem Kostümbildner als Erstes abverlangen?

Perücke, High Heels, roter Lippenstift und lange Fingernägel, rot am besten, sagte Donati.

Kaufmann freute sich. Sehen Sie, Katia Mann schminkte sich nie, und hielt ihre Nägel natur und extrem kurz geschnitten. Sie hatte es aufgegeben. Wanda Horowitz trug rote Fingernägel. Es ist im Grunde verrückt, dass wir einen Menschen, selbst einen nahestehenden, anschauen, ohne ihn wahrzunehmen. Vor einem roten Klecks auf irgendeinem Bild fragen wir uns: Was wollte der Maler uns damit sagen? Ich fragte mich nicht, was Wandas rote Nägel sagen wollten. *Zu spät* ist Tragödie in zwei Worten. Zu spät habe ich es kapiert, was diese roten Nägel verkündeten: Seht her, ich bin eine Frau, und ich will es sein, und ich will, dass alle das wissen.

Er schluckte.

Ich hätte gewarnt sein müssen.

VIII

Es musste am Südwind liegen, der den Himmel freigefegt hatte, dass die Menschen auf der Straße ohne Grund lächelten. Das geschah in Zürich selten; erst recht an einem Mittwoch im April, der zu kalt war für die Jahreszeit. Um halb zehn betrat Kaufmann mit warmen Spanisch Brötli die Küche, Butter, auch im Blätterteig, stimmte friedlich, wusste Kaufmann aus Erfahrung. Müde blickte Donati ihm entgegen, als hätte er graublauen Lidschatten um seine Augen verschmiert, und Kaufmann erinnerte sich, dass sein Vater behauptet hatte, das sei oft ein Hinweis auf Vitalstoffmangel. Keine Ahnung, was Vitalstoffe sein sollten, die Diagnose passte zu Donati.

Müde, jetzt noch?

Schlecht geschlafen, schlimm geträumt, dass man so schlimm träumen kann. Der Besuch in meinem Haus, es war zu früh.

Das sagte die Mutter in meiner Kindheit oft. Zu früh, sagte sie, wenn etwas noch nicht verheilt war. Du musst den Wunden Zeit lassen.

Das Licht, das in die Küche fiel, war neonhell und verriet, dass Kaufmann seine Putzfrau nicht kontrollierte. Die beiden Männer drängte es ins Freie. Kaufmann bestimmte die Richtung, ohne zu zögern.

Der See kam in Sicht. Wohin gehen wir?, fragte Donati matt.

Sie fragen so, als wäre es Ihnen in jedem Fall zu weit, sagte Kaufmann. Diesmal gehen wir in mich. Es kann also nur mir zu weit werden.

Ein Tor aus Schmiedeeisen trennte das Anwesen am Seefeldquai 17 von der Straße, die Sorte Tor, vor der Donati noch mit dreizehn, vierzehn wackelige Knie bekommen und seine Mutter das Kreuz geschlagen hatte. Dahinter gekämmter Rasen, mit dem Lineal begrenzt, die Böschung künstlich und symmetrisch, exakt in der Mittelachse eine breite Treppe. Sie führte hinauf zu einer Kleinresidenz für Übergroßbürger, mit Blick auf die Promenade und den Zürichsee, vor allem mit Blick von der Promenade und vom Zürichsee auf die Kleinresidenz.

Erbaut im Jahr 1913 aus Obermundinger Sandstein, sagte Kaufmann, für Doktor Fritz Ernst, Ingenieur und Politiker, privat mit Butterbrot, Bier, Mundharmonika und ganz ohne jeden Gott zufrieden, nach außen neureich wie die Villa. Mein Großvater mütterlicherseits. Eingezogen sind wir hier, in den ersten Stock, ein Jahr bevor ich Horowitz kennenlernte. 1936 war meine Großmutter gestorben, und der Großvater begnügte sich mit dem Parterre. Horowitz erregte es, dass ich aus so einem artigen Vorzeigehaus kam, wie andere Männer eine Frau aus einer Klosterschule erregte.

Johann Jacobs Kaffee-Museum, stand auf der Tafel am Eingang.

Donatis Zeigefinger tippte auf *Jacobs*. Und die, wodurch kamen die ins Spiel?

Erbstreit, die anderen wollten verkaufen, die Kaffeeleute haben am meisten bezahlt. Dort oben ist es geschehen, im Sommer 1938. Eingeschlagen wie eine Bombe im Frieden bei Sonnenschein. Wir saßen beim Mittagessen. Die Fenster standen offen, es war heiß geworden am Ende der ersten Juliwoche, und wir waren froh um die Brise vom See her. Das Radio hatte mein Vater wie üblich angestellt, Dreizehnuhrnachrichten.

Neue Gesetze zur Eliminierung der Juden aus dem deutschen Kultur- und Wirtschaftsleben, Flüchtlingskonferenz in Evian mit zweiunddreißig Staaten, davon einundzwanzig amerikanischen, die sich fast ausnahmslos weigerten, jüdische Flüchtlinge aufzunehmen. Mein Vater, meine Mutter, meine Schwester und ich hörten kurz auf, unsere Bouillon zu löffeln. Jeder dachte das Gleiche, jeder dachte an ihn und dass die Schweiz ein ziemlich sicheres Terrain für ihn wäre, und es war, als reichten wir uns wie vorher, nach dem Tischgebet, die Hände. Die nächste Meldung betraf eine neue Verhaftungswelle in Deutschland gegen Homosexuelle. Ekelerregende und wehrkraftzersetzende Lustknaben nannte sie die deutsche Propaganda. Lustknaben, das klang für mich, als wären die Propagandisten selbst lüstern und trauten sich nur nicht. Vor ein paar Tagen, am 3. Juli, hatten die Schweizer in einer Volksabstimmung mehrheitlich das neue Strafgesetzbuch verabschiedet, das Homosexualität für straffrei erklärte. Ich glaube, manchmal staunten die Schweizer selbst über ihre Entscheidungen. Ich löffelte weiter, den Blick in die Suppe versenkt, bloß nicht anmerken lassen, dass ich schon wieder bei Horowitz war, diesmal allein. Er hatte meinem Vater besorgt von meinem Lebenswandel in Paris berichtet, aber nur von Frauen. Mir kam es vor, als wollte Volodja ihn zu meinem Leibwächter machen, um unliebsame Konkurrenz abzuhalten. Endlich – das Wetter … Dann kam die Ansage: Und nun hören Sie Musik zum Gedenken an den Pianisten Vladimir Horowitz. Die Nachricht von seinem überraschenden Ableben mit nur vierunddreißig Jahren erreichte uns soeben aus Paris.

Ich rannte in mein Zimmer, auf der Treppe stürzte ich. In der Schreibtischschublade unter Brahmswalzern seine Briefe, obenauf der letzte Brief vom 30. Juni aus Bagnoles.

Kaufmann griff in seine Jacketttasche und entfaltete ein paar lichtblaue Bögen. Ich möchte vermeiden, dass mich die Erinnerung trügt. Also: *Meine Ärzte hier haben gefunden, dass ich kerngesund und sogar eine außergewöhnlich starke Natur bin. Was mir fehlt, ist Disziplin in der Arbeit. Der arme Lehrer wurde vom Schüler beeinflusst.* Kaufmann blätterte einen Bogen weiter. Horowitz kündigte an, nach Gstaad zu reisen, Palace Hotel, eigentlich zu viel Spektakel für ihn, aber die Milsteins besaßen in der Nähe ein Chalet, er werde in seiner Suite allein sein.

Sein fester Vorsatz, schrieb er, ein gesundes Leben zu führen, das ihn aufbaut. *Keine Medizin mehr!*, schrieb er. Die Pillen sollten durch mich ersetzt werden. Kaufmann fuhr mit dem Zeigefinger die Seite hinunter. Da steht's … ich allein könnte ihm jetzt helfen, schneller *wieder richtig in Form* zu kommen. Das müsste mich doch *richtig stolz* machen. Hier bitte: *richtig stolz*. Und da – Kaufmann nahm die letzte Seite – kündigte er mir an, dass er noch in diesem Jahr auf die Bühne zurückkehren werde. *Am 1. Oktober habe ich schon ein fixes Datum für mein erstes Konzert.* Sein 35. Geburtstag war als Wiedergeburtstag vorgesehen. Nun gut, man muss nur dran glauben.

Ordentlich faltete Kaufmann die Seiten zusammen und steckte sie ein. Es war Zeit für die Auferstehung, höchste Zeit. Horowitz war begraben worden, lebend begraben unter Gerüchten. Nicht nur Gerüchte über seine körperliche Verfassung kursierten, Magengeschwür oder eine lebensbedrohliche Erkrankung, vermutlich Krebs, mehrmals war auch von Suizid die Rede gewesen. Sein Parfum, ich hatte es plötzlich in der Nase, er musste neben mir stehen, aber da war niemand. Vielleicht stieg es aus den Briefen auf. Ich sagte es mir laut vor, damit es wirklicher wurde: Horowitz ist tot. Der Satz blieb hohl, wie eine hohle Nuss. Noch einmal: Volodja ist tot. Hohl, ganz hohl, nichts drin. Ich versuchte, den Schrecken leibhaftig zu machen, um ihn zu glauben. Am helllichten Tag zog ich mich aus, legte mich nackt aufs Bett, spürte ihn neben mir, diesen blassen, fast haarlosen, untrainierten Körper mit der empfindlichen Haut, und sagte laut: Jetzt ist er nur noch Staub in einer Urne. Nur noch Staub. Ich erschrak nicht. Gleich würde Volodja aus dem Badezimmer kommen, jede Sekunde.

Der plötzliche Tod, sagte Donati, macht jeden verrückt. Er hat etwas Absurdes. Trotzdem wünschen sich den die meisten. Allerdings so spät wie möglich und am liebsten im Schlaf.

Gehören Sie zu den meisten?, fragte Kaufmann.

Ich dachte, wir gehen heute nicht in mich, sagte Donati.

Kaufmann konnte den Blick nicht von dem Fenster oben ganz links lösen, seinem Fenster; achtundvierzig Jahre waren vergangen und doch keine Minute. Nicht das, was er gesagt hatte und was vielleicht besser ungesagt geblieben wäre, trieb ihn damals um, es war vor allem das, was er nicht gesagt und nicht gefragt hatte.

Reue.

Haben Sie gerade Reue gesagt?, fragte Donati.

Reue, ja. Bis dahin hatte ich die Reue im Griff. Keiner konnte sie besser, kniend und betend rührte ich damit schon in Kindertagen jeden Kirchenbesucher zu Tränen und warf danach Knöpfe in die Kollekte. Jetzt hatte mich die Reue im Griff. Sie pfiff und hörte nicht auf zu pfeifen wie der Wasserkessel meiner Großmutter. Im Alter hatte sie ihn einfach nicht mehr gehört, alle anderen schrien: Hörst du das denn nicht? Stell ihn ab. Bei mir war es nun umgekehrt. Keiner außer mir hörte es pfeifen, und ich schrie: Stellt es ab.

Er werde gewisse Kompromisse machen, hatte Horowitz in dem letzten Brief erklärt, aber nur würdige. Es war ihm nicht entgangen, dass ich in Paris mit Leuten sexuell meinen Spaß hatte, die in seinen Augen Halbwelt waren, drittklassige Schauspieler, Aktmodelle, Revuetänzer, Diseusen. In einem anderen Brief hatte er sie Leute aus der Gosse genannt, so als wären sie käuflich. Ich musste nicht zahlen, das konnte er sich denken, aber vielleicht wurde es dadurch für ihn noch schlimmer.

Schrieb Horowitz wirklich: würdige Kompromisse?, fragte Donati.

Ja, er schrieb: würdige. Ich hatte darüber hinweggelesen. Nach der Todesnachricht sprang mir das Wort in die Augen, es war nicht mehr zu entfernen, ein Fremdkörper. Für sein Gefühl hatte ich ihn entwürdigt mit meinen Affären. Ein Grund, sich umzubringen? Wenn andere Gründe dazukamen ... Gründe, Angst zu haben, hatte er. Als Homosexueller und als Jude, der verdammt nah dran war am deutschen Nachbarland. Als Pianist, der nach langer Pause wieder ins Rampenlicht treten wollte und beim Gedanken daran zu zittern anfing. Als Schwuler, der Angst hatte, als solcher ausgestellt zu werden und dann mit seiner Ehefrau und seinem Schwiegervater auch jede berufliche Zukunft einzubüßen. Angst kommt von eng, sagte mein Großvater, sie verengt den Blick und hindert einen dran, den Ausweg zu sehen. Deswegen wetterte er ein Leben lang gegen die Kirche mit ihrer Höllendrohung und ihrem Sündenhammer.

Ihren Großvater hätte ich haben sollen, sagte Donati.

Auf mein Telegramm ins Palace keine Antwort. Ich rief dort an. Monsieur Horowitz sei angemeldet, leider noch nicht eingetroffen. Nein, keine Nachricht. Es pfiff, dass ich schier den Verstand verlor. Am nächsten Tag das Gleiche. Suizid, das war die schlimmste Vorstellung, weil sie mich zum Mitschuldigen machte und mir die Möglichkeiten vor Augen führte. Krawatte um den Hals unter dem Pont Neuf? Blutundknochenbrei vor einem gotischen Kirchturm? Vergiftet im Bett? Angezogen im roten Badewasser? Lieber Unfalltod, noch lieber Schlaganfall oder Herzinfarkt. In Sachen Tod sind wir fast alle maßlose Egoisten. Was den eigenen angeht: schneller Abgang. Was den der anderen angeht: bitte mit ausreichend Zeit zur Wiedergutmachung. Wir wollen mit gutem Gewissen weinen.

Im Radio, in den Zeitungen, nichts Neues zu den Todesumständen. Am Samstag, dem 9. Juli, die ersten Nachrufe, wie gern hätte Horowitz diese Lobeshymnen gelesen. Am Sonntag, dem 10. Juli, erwähnten die Nachrichten im Rundfunk, dass die Münchner Synagoge auf Befehl Hitlers vollständig zerstört worden sei. Horowitz war abergläubisch gewesen, nun war ich es auch. Am Montag, dem 11., fischte ich endlich einen Expressbrief aus der Post.

Von Wanda?

Nein, von ihm. Bei den Milsteins hatte er von seinem Tod erfahren, aus dem Radio. Die Falschmeldung war offenbar aus London an die Redaktion von *Le Figaro* gelangt. Tragikomisch, fand er. Als Reklame wirkungsvoll, allerdings hätte er sich eine weniger geschmacklose gewünscht, schrieb Horowitz. Trotzdem, er schäumte vor Glück. Nie hatte er sich mehr geliebt gefühlt. Im Pariser Conservatoire war um 12 Uhr mittags eine Schweigepause eingelegt worden, auf offener Straße hatten Menschen geheult, und seit der Irrtum publik geworden war, badete er in Aufmerksamkeit. Blumen, Telegramme, Anrufe von tausendunddrei Freunden und Bewunderern. Man liebt mich, man liebt mich, alle lieben mich überall und über alles. Er überschlug sich in diesem Rausch.

Jetzt sei er frei – für mich. Gstaad, Hotel Palace, 7. Stock. Auf derselben Etage habe er ein Zimmer für mich reserviert. Am Dienstag komme ein Klavier an.

Beide schauten auf das Haus am Seefeldquai 17, aus dem kein Lebenszeichen drang und schon gar keine Antwort. Donati wandte den Blick dennoch nicht von diesem Haus und nicht von dem Fenster, hinter dem der Mann neben ihm durch die Nachricht eines unerwarteten Todes seine Leichtfertigkeit verloren hatte. Und sich kurz danach wieder kühlen Kopfes Lügen für den Vater und erregende Liebesspiele für den nächsten Brief an den Geliebten ausdachte.

Horowitz hatte mich gewarnt, sagte Kaufmann. Das amüsante Leben in Zürich sei wahrscheinlich besser für mich, als in Gstaad bei ihm herumzusitzen, schrieb er. Aber dahinter hatte er nicht nur ein Ausrufezeichen gesetzt, auch ein Fragezeichen. Der Brief war voll mit solchen Warnungen, die mit Fragezeichen und Ausrufezeichen endeten. Hier sei es sehr still, kaum Leute da, aber das Klima auf 1150 Metern sei so gesund und die Luft so fabelhaft. Immer diese gute Luft, interessierte mich damals noch weniger als ein Bausparvertrag.

Die Zwischensaison gähnte in Gstaad mit offenem Mund. Die Skitouristen waren abgereist, die Sommergäste ließen noch auf sich warten.

Was hat Sie trotz der Warnung hingetrieben? Sehnsucht? Ein schlechtes Gewissen? Oder die Erleichterung, dass er lebte?

Das Gefühl, dass er beinahe eine Riesenchance verscherzt hätte, die Chance meines Lebens.

Was war das für eine Chance?

Zuerst einmal die, eine Fliege in seinem Bernstein zu werden. Unsereins hat sonst keine Hoffnung auf Nachruhm. Mein Dasein glich dem Haus, auf das wir glotzen. Für andere, die es nur von außen sehen, beneidenswert, aber innen drin bedeutungslos, gelangweilt von sich selbst. Natürlich war es auch die Chance, zu fragen, was ich zu fragen versäumt hatte. Ich verstand nicht, woher seine radikalen Selbstzweifel kamen, seine Unsicherheit und dann dieses Bedürfnis nach Treue, bei Schwulen in jungen Jahren ein Fremdwort, eines, mit dem aus ihrer Sicht Heteros ihren öden Sex etikettierten. Es musste mit seiner Familie, seiner Vergangenheit zu tun haben, über die hatte er von sich aus noch nie ein Wort verloren. Als ich probiert hatte, Horowitz anzuzapfen, wurde ich von ihm rasch abgefertigt. Sein einziger Bruder sei vierzehn Jahre älter gewesen, ein Fremder, seine Schwester unwichtig, die Mutter glücklich, der Vater erfolgreich und zufrieden.

Also setzte ich auf Milstein. Der war mit seiner Frau wie üblich auf Rückzug in seinem Gstaader Chalet.

Während Horowitz auf Milsteins Steinway übte, nutzte ich die Zeit. Milstein kannte sich aus in der Familie Gorowiz, nur Vladimir nannte sich Horowitz. Die Mutter, eine begabte, aber überdrehte, im Älterwerden grotesk geschminkte Pianistin und verwöhnte Großbürgertochter, der Vater ein belesener, vermögender, elitär kauziger Elektrounternehmer. Durch die Revolution hatten die beiden über Nacht alles verloren. Das Unternehmen verstaatlicht, die Wohnung zerstört, die Möbel zertrümmert, der Schmuck geraubt, Noten, Bücher, Geigen und das Klavier aus den Fenstern aufs Pflaster geworfen.

Donati klammerte sich an das Tor, sah es vor sich, wie oben die Fenster aufgerissen wurden und die Schätze der bürgerlichen Kultur wie Kloake herausgeschüttet wurden. Es tat weh. Er stöhnte.

Ja, sagte Kaufmann und stöhnte mit.

Die ganze Familie Horowitz wurde in einem lausigen Viertel am Stadtrand von Kiew in zwei Zimmern zusammengepfercht. Horowitz hatte damals beschlossen, Russland für immer zu verlassen. Die Schwester, seine engste Vertraute, war ebenfalls eine große Pianistin, ihre Ehen scheiterten, die Karriere versandete. Ein Bruder war in der Revolution erschossen worden, der andere, kaum älter als Volodja, hatte sich kurz danach in der Psychiatrie erhängt. Die Mutter war ein Jahr, nachdem ihr Volodja die Heimat für immer verlassen hatte, elend gestorben, der Vater war in Moskau zu einem Niemand geschrumpft, hatte eine junge Frau geheiratet und seinen Sohn beim Wiedersehen in Paris mit einem Foto der Stiefmutter in Jähzorn versetzt. Die junge Gattin hatten die Sowjets, mutmaßte Milstein, als Geisel bei sich behalten.

Milstein wusste genau, dass Horowitz in Berditschew zur Welt gekommen war, nicht in Kiew, wie er immer behauptete, nein, in Berditschew. In jedem Interview sagte er: Ich wurde in Kiew geboren. Warum es ihm so unangenehm war, aus Berditschew zu stammen, dass er es leugnete? Wanda sagte, weil jeder, der aus Berditschew kam, Jude war, was jeder in Russland wusste, und weil

Volodjas Vater als arrivierter Jude auf diese Schtetljuden herabsah.

Und diesen Hochmut hat Horowitz geerbt?, fragte Donati.

Kaufmann wurde still. Wollen wir den Heimweg antreten?

Er brauchte zehn Meter, und die ging er langsam.

Geerbt. Mein Großvater hat gesagt: Die Erbsünde der Menschheit ist ein kirchlicher Erpressungsversuch. Die einzige Erbsünde, die ich kenne, ist die, dass Kinder von ihren Eltern genau das übernehmen, was sie loswerden sollten. Oder loswerden wollten, weil sie darunter gelitten haben.

Seien wohl irgendwelche nicht erklärbaren Schuld- oder Minderwertigkeitsgefühle, meinte Milstein, die Volodja lügen ließen.

Nicht erklärbar? Ach was!, sagte Milsteins Frau. Kaufmann muss Toscanini kennenlernen, Wandas Familie, wenn er Volodja verstehen will. Ich sage nichts dazu. Nein, bestimmt nicht, und du sagst besser auch nichts dazu.

Schuld.

Kaufmann blieb stehen. Vielleicht müsste man das Wort abschaffen.

Schuldgefühle haben meistens die, die keine haben müssten, und diejenigen, die welche haben müssten, haben keine. Ich hatte keine. Die Eltern hier im Hotel waren mit ihren hübschen gelangweilten Töchtern unterwegs, und Horowitz mochte es doch, dass ich es auch normal konnte. Nachts rutschte ich auf Socken über den Flur in mein Zimmer zurück, das billigste im Palace, aber für meinen Vater zu teuer. Ich fand es in Ordnung, dass ich meinen Vater anlog, ihm einen niedrigeren Preis nannte und Horowitz die Differenz zahlte. Ich tat ihm gut, das konnte man sehen. Eines Morgens saß er im rosaroten Hemd am Frühstückstisch im Palace. Übrigens: Wo haben Sie Ihre rosaroten Hemden fertigen lassen?

Maßgeschneidert in China, sagte Donati.

IX

Leblos, kalkweiß und leicht bläulich changierend lag der nackte Frauenkörper auf dem Operationstisch, grell beleuchtet. Handgelenke und Fußgelenke waren mit Bändern fixiert. Nur über Lenden und Venushügel lag ein dünnes Tuch, das dunkle Schamhaar schimmerte durch.

Kaufmann hatte das breitformatige Gemälde im Goldrahmen aus seinem Kellerregal gezogen, es von der sorgfältig verklebten Plastikfolie befreit und auf eine alte Bügelmaschine gestellt.

Das hing über dem Ehebett meiner Eltern. Ich habe als Kind nie verstanden, warum. Das Bild stieß mich ab, es erregte einen körperlichen Widerwillen in mir. Dass mein Vater Arzt war, erklärte nicht, dass er so etwas im Schlafzimmer brauchte.

Donati sprach leise, als könnte er im Keller belauscht werden. Es scheint mir nicht allzu weit hergeholt, über Sadomasochismus nachzudenken. Kaufmann schien das zu amüsieren. Es ist schwierig genug, wissen Sie selbst, sich die eigenen Eltern beim Sex vorzustellen, beim ganz normalen, und beim … sagen wir spezialisierten, das geht gar nicht. Ist er von Freud oder von jemand anderem, dieser Ausdruck *Leichen im Keller*? Grandios, jedenfalls.

Eine Stunde später passierte der Peugeot den Wegweiser nach Tribschen und näherte sich einem weißen Haus auf einer grünen Anhöhe mit freiem Blick auf den Vierwaldstättersee. Drei Geschosse Harmonie unter einem Walmdach inmitten von Wiesen, gerahmt von Pappeln. Die Aprilsonne warf zwischen zwei Wolken ihr Scheinwerferlicht auf die Fassade.

Schön, sagte Kaufmann.

Zu schön, sagte Donati. Japaner nehmen sich dort das Leben, wo es zu schön ist.

Gut, dass wir beide keine Japaner sind. Kaufmann kurbelte das Fenster herunter, schnupperte und lauschte hinaus. Keine Hühner und Hähne mehr, schade. Die sind hier vornehm geworden. Im August 1938 mussten die Hähne weggesperrt werden, damit sie nicht ins Siegfried-Idyll krähten. Toscanini hätte sie sonst eigenhändig erwürgt. Seine Nerven, seine Nerven! Wie extrem überdehnte Gummis, jammerte Horowitz damals. Die Politik macht ihn krank, und mich hat er infiziert. Das tut mir nicht gut, ich sollte an mich denken, an meine Gesundheit, an mein Comeback im Herbst, an nichts anderes als an mich und meine Musik.

Horowitz war aus Russland abgehauen, weil er von der Politik nicht behelligt werden wollte, und das ging im Westen besser. Seinen Vater hatte der Gulag verschluckt, nicht lange nach der Tournee mit seinem gefeierten Sohn in Europa, vermutlich deshalb von den Sowjets als Spion verdächtigt. Im Lager war er so rasch verfallen wie ein morscher Baum im Sumpf, das hatte ihm seine Schwester geschrieben, wieder und wieder hatte sie es Volodja geschrieben. Milstein hatte mir das erzählt, nicht etwa Horowitz. Er versuchte es zu vergessen, und der Versuch gelang – fast. Es war in Paris geschehen …

Donati parkte ganz am Rand des Kiesgevierts, neben einem Achtzylinder mit Zürcher Kennzeichen; es fiel auf unter all den deutschen. Als Donati seine Wagentür vorsichtig einen Spaltbreit öffnete, ging die nebendran auf. Ein tiefes, bemüht beruhigendes *Excusez* war von links zu hören, so als senkte jemand seine Stimme künstlich. Zu sehen nur ein grauer Anzughintern. Dann noch einmal diese trainierte Beruhigungsstimme, Excusez. Donati erstarrte, schloss seine Tür und wandte den Kopf ganz nach rechts zu Kaufmann. Was war in Paris? Ich verlasse das Auto erst, wenn Sie fertig sind.

Horowitz' Suite war für einen halben Tag sturmfrei, Wanda bei der Anprobe neuer Hüte, Kostüme, Handschuhe und Abendkleider, er empfing mich halbtot im Dunkeln auf dem Sofa liegend, ein feuchtes Tuch auf der Stirn. Unerträgliche Kopfschmerzen nach dem Mittagessen mit Toscanini.

Zu viel Wein?, fragte ich.

Zu viel Politik! Weißt du, was er mir gesagt hat? Ein politisch charakterschwacher Musiker ist auch ein schlechter Musiker.

Horowitz war zu fast allem bereit, um ein einzigartiger Musiker zu sein. Dafür sollte er nach Toscanini nun genau das tun, was er, um ein einzigartiger Musiker zu sein, vermieden hatte: sich von den politischen Tatsachen angreifen lassen. Toscanini hatte öffentlich erklärt, Mussolini sei sein Spitzenkandidat, falls er einen Mord begehen würde, dann müssten all die Mitläufer und Feiglinge an die Reihe kommen, aber als Massenmörder bliebe ihm fürs Dirigieren keine Zeit mehr. Seither stand er auf der Abschussliste.

Horowitz war an jenem Tag in Paris wie gelähmt, am nächsten auch, und als er am dritten Tag die Füße beim Gehen kaum vom Boden hob, Gläser zerdepperte und Nahrungsaufnahme ebenso verweigerte wie jedes Klavierspiel, erlöste ich ihn. Was Toscanini sagt, mag für die normalen Musiker gelten, erklärte ich ihm, es gilt nicht für einen Horowitz.

Donati blickte in den Rückspiegel, bevor er ausstieg.

Auf dem geteerten Platz vor dem Haus dehnte sich die Stille, das Laub der Pappeln tuschelte, eine Amsel sang müde, Donati stand jedoch angespannt, wachsam da, als erwartete er unangenehmen Besuch. Kaufmanns rechter Arm beschrieb einen großen Bogen. Dort hatten sie für diesen Tag ein aufwändiges Holzgerüst errichtet, Schweizer Zimmermannsarbeit, das könnte noch heute hier stehen. Das Konzert von Toscanini am 25. August war Höhepunkt der neuen Musikfestwochen Luzern, eigentlich ihre Geburtsstunde. Das war sein Festival, sein Gegensalzburg, vor allem sein Gegenbayreuth. Ich glaube, er hätte Winifred Wagner am liebsten mit Messer und Gabel verspeist. Der erste Teil des Konzerts endete mit dem Vorspiel zum dritten Akt von Wagners Meistersingern, Krönung des Programms war das Siegfried-Idyll, dort aufgeführt, wo Wagner es knapp sechzig Jahre vorher zur Geburt seines Sprösslings Siegfried komponiert hatte. Toscanini hatte den Bogen raus. Die Karten kosteten viermal so viel wie sonst und waren innerhalb eines Tages ausverkauft gewesen. Horowitz hatte mich eingeladen als ... nennen wir es Familienpuffer, mir war das ein willkommener Kitzel. Ich fühlte mich wie ein Bräutigam, der seine künftigen Angehörigen besichtigte. Natürlich würde ich sie im Sturm erobern als Mann, der auf Frauen wirkte. Küss die Hand, die du nicht beißen kannst, hatte meine Großmutter mir beigebracht. Vollendete Manieren sind ein Trojanisches Pferd, mit dem Sie in jede Frauenfestung eindringen, erst recht, wenn der Burgherr ein Macho ist.

Hier, rechts von der Eingangstreppe, kamen auf dem roten Teppich drei bizarre Vögel daher: Wandas Schwester Wally Gräfin Castelbarco, Toscaninis Gattin Carla und Wanda selbst, Wanda und Wally mit gefiederten Filzkappen auf dem Kopf stolzierten auf Kothurnen aus Kork, Frau Toscanini, ebenfalls mit gefiederter Kappe, watschelte in Halbschuhen als Zierente nebenher, Sonia klebte als feuchtes Küken an der Hand ihrer Tante.

Mein Vater hat durchgesetzt, dass die Dampfboote auf dem See heute Nachmittag nicht hupen dürfen, sagte Wanda zu mir. Das hat vor ihm noch keiner geschafft, gar nicht gewagt. In dieser Sekunde ertönte ein durchdringender Hupton, vermutlich ein Auto, und hörte und hörte nicht auf. Horowitz prustete los, ein Siebenjähriger, der zum ersten Mal einen obszönen Witz kapiert. Wanda schlug ihm auf den Handrücken, das schaltete sein Lachen ab, wie man das Licht abschaltet. Sein Schüler, stellte sie mich Mutter und Schwester vor. Ich werde dauernd von der Familie überwacht, hatte Horowitz geklagt. Beide musterten mich, als wollte ich zum Militär. Bello, sagte Frau Toscanini und drehte sich weg. Troppo bello, sagte Wally und beugte sich zu Sonia. Wanda fuhr mit beiden Händen an den Hals von Horowitz, löste mit geübtem Griff die Fliege und band sie neu. Alle drei Toscanini-Frauen wandten mir ihre Kehrseiten zu, nur Sonia spähte zwischen dem Gatter der Beine durch zu ihrem Monsieur blanc. Ich war draußen aus dem Clan, ausgesperrt, ohne zu wissen, warum. Im Konzert saß Wanda zwischen Horowitz und mir und hielt ihn vom ersten bis zum letzten Ton untergehakt.

Kaufmann und Donati gingen ums Haus herum auf die Wiese.

Während der Pause flanierte ich hier alleine mit aufgestellten Ohren hinter den befrackten oder seidenverpackten Rücken, das Gras roch nach Parfum und der Sommer nach Zigarren.

Die Italiener hatten Toscanini schon einmal den Pass weggenommen, und in diesem Sommer kassierten sie ihn zum zweiten Mal. Auf Toscanini war ein Kopfgeld ausgesetzt, nachdem er in einem Telefongespräch, natürlich abgehört, Antisemitismus als mittelalterlichen Schwachsinn bezeichnet hatte, Mussolini somit als schwachsinnig. Der Duce hatte von einer professoralen Expertenkommission verkünden lassen, Juden gehörten nicht zur italienischen Rasse und Toscanini sei ein Ehrenjude. Die Autokennzeichen, unter denen Toscanini unterwegs war, hatten Mussolinis Jagdhunde parat. Schnüffelten welche hier herum?

Als hätte er in der anderen Hand eine Pistole ... Die Musiker, wie Soldaten einem Feldherrn ... Dass er zu den Juden hält ... Er ist doch nicht selbst einer, oder? ... Die haben keinerlei Hemmungen mehr ... Sogar mitten in der Nacht schleichen sie durch finstere Wälder, über geheute Wiesen, schwimmen über den Rhein oder von der Halbinsel Höri aus über den Bodensee ... Toscanini hat keine Ahnung von der Gefahr ... Der Gefahr für uns ... Ja, für wen sonst? ... Zehntausend können das bis Jahresende werden ... Die Österreicher, klar ... Haben Sie gehört, was letzte Woche im Bundeshaus beschlossen worden ist? ... Ich finde, unser Fremdenpolizeichef hat recht, wir können die ebenso wenig brauchen wie die Deutschen, hat er gesagt ... Besser, wenn sich Künstler aus der Politik heraushalten ... Genau, die Verjudung der Schweiz, sagt der Chef ... Die Grenzen dicht machen ... Wir haben eh schon zu viele ... Generell: Ein Italiener sollte sich nicht in Schweizer Belange einmischen.

Die letzten Akkorde des Siegfried-Idylls entschwebten in die Dämmerung. Die Grenzendichtmacher schnäuzten sich, und die Verjudungsgegner klatschten sich die Handflächen wund für den Ehrenjuden. Mir erging es wie allen: Der kleine Mann vorn stieg und stieg, hoch und höher hinauf, und da stand er als Andachtsbild im schönsten Licht. Das blendend weiße Haar um sein gemeißeltes Gesicht ersetzte den Heiligenschein, das schwarze Jackett mit zugeknöpftem Stehkragen machte ihn zum Priester, und alles war gut.

Ein Mädchen in Luzerner Tracht wurde zur Bühne vorgeschickt, knickste vor Toscanini und streckte ihm mit beiden Händen einen Sommerblumenstrauß entgegen. Toscanini schlug sofort zu, direkt auf den Strauß. Geköpfte Blüten landeten auf dem Holzboden, das Mädchen umklammerte den Rest Gestrüpp und heulte, Toscanini rannte die Außentreppe hinauf ins Haus, die Tür krachte ins Schloss. Durch die halboffenen Fenster hörte man ihn brüllen: Ich – bin – keine – Diva – Ich – bin – keine – Diva – Ich – bin – keine – Diva.

Wanda ließ Horowitz los, alle drei Toscanini-Frauen marschierten als Sanitätertruppe geschlossen durch die Notfallgasse zum Haus.

Männliche Diven sind für ihn weibisch, flüsterte mir Volodja zu, und er hasst alles Weibische.

Im Erdgeschoss des Hauses flüsterten die Besucher nur. Schafft keiner außer Wagner, sagte Kaufmann. Ein Samtbarett, eine bestickte Weste aus Brokat, Schnallenschuhe, eine seidene Kniebundhose und ein schwarzer Hausmantel mit seidenem Revers. Nur Hüllen, die da hinter Glas dekoriert waren, aber jeder sah ihn darin. Es hätte das gerahmte Foto nicht gebraucht, auf dem er sich in diesen Hüllen vor Cosima aufbaute und sie sitzend zu ihm aufblickte, weil sie stehend auf ihn, den Allergrößten, hinabgesehen hätte.

Schade, sagte Kaufmann, dass sie seine Unterwäsche nicht zeigen. Fast alles aus rosafarbener Atlasseide. War selten im Handel zu bekommen und in Herrengröße nicht ohne Mut zu erwerben, aber sein neuer Verehrer Nietzsche hatte in Basel tapfer die Lingeriegeschäfte abgegrast, damit er ein Mitbringsel für den Tribschenbesuch hatte.

Ich fragte mich hier zum ersten Mal, was weibisch eigentlich heißen soll.

Donati fasste sich in den Nacken. Er hatte schon damals, mit fünfzehn, immer auf dem Bauch geschlafen. Es war wie jetzt im Hochsommer gewesen, ihm war heiß, und die Schere war kalt, aber sie warnte ihn zu spät. *Effeminato!*, hörte er im Erwachen den Vater, und schon war der draußen. Schwarz lag das lange Haar auf dem weißen Leintuch.

Aus dem Raum nebenan über Wagners Revoluzzerzeit war diese Stimme zu hören, die künstlich auf Beruhigungsbass gedimmt war, dann der Aufseher, dann wieder die Stimme. Donati versteifte bis in die Augen und war ganz nebenan.

Könnten wir hinausgehen?, sagte er endlich. Mir tut diese Luft hier drin nicht gut. Vielleicht das Putzmittel.

Bei *Effeminato* habe ich Sie unterbrochen, war sein erster Satz im Freien.

Ja. Kaufmann entging nicht, dass Donati sich erneut in den Nacken fasste. Vielleicht hieß weibisch einfach das Weibliche im Mann, wenn es die Frau dem Mann verbot oder der Mann sich selbst. Oder wenn der Mann es anderen Männern verbot, weil er es sich selbst nicht erlaubte.

Am Abend wartete ich neben Horowitz im Vestibül

des Grand Hotel National, direkt am Seeufer, in derselben Straße gelegen wie das Carlton Tivoli, in dem wir beide uns … mein Gott, es war erst ein Jahr her, egal. Anders als Horowitz verlangte Toscanini immer Hotels in der ersten Reihe mit den größten Lüstern, dem meisten Marmor und den breitesten Treppen. Frau Toscanini brütete in einem alleinstehenden Sessel und stickte. Jeder wusste, wie oft ihr Mann sie mit seinen Affären bloßgestellt hatte. Aber Frau Toscanini fror längst nicht mehr. Offenbar hatte sie sich häuslich eingerichtet in ihrer Rolle als Opfer und war sich ihrer Macht über den Täter bewusst. Toscanini brauchte seine Frau, um ein verheirateter Mann zu sein, also weiterhin verfügbar, er brauchte sie, um Honorare einzutreiben, Streitereien mit Veranstaltern zu schlichten, zertrümmertes Mobiliar zu ersetzen und um Koffer zu packen.

Da kam er neben Wanda die Treppe herunter.

Horowitz nahm Haltung an, wischte sich den Mund ab, stand dann verkrampft nach vorn geneigt da, die Hände auf dem Rücken, Handrücken an Handfläche, ein Butler, der auf Befehle wartete. Wanda fixierte ihren Mann, ihr weißer Hals zuckte. Hatte Wanda Angst, dass ihr Mann vor ihrem Vater etwas Weibisches zu erkennen gäbe, und hatte Horowitz Angst davor, von Toscanini verstoßen zu werden? *Effeminato!* Sie kennen den Ausdruck. Toscanini war klein, er reichte mir nicht einmal bis zum Kinn, aber sein Blick zwang mich innerlich so weit hinunter, dass er mich überragte. Er gab mir die Hand, eine unerwartet starke und kalte Hand, und mir war zumute wie Don Giovanni, dem der Komtur die Hand gibt. *Pentiti,* hörte ich den Bass des Komturs. Bereue! *No!*, antwortet Don Giovanni. *Pentiti!*, kam es erneut. *No no no!*, hörte ich mich. Er konnte mich nicht hören. Ein feiger Don Giovanni, der das Maul hielt. Ende der Audienz.

Ich musste den Zug zurück nach Zürich erwischen, Horowitz ließ mich zum Bahnhof fahren, keuchend saß er neben mir auf der Rückbank. Die Augustnacht war noch immer schwülwarm. Der Kiosk hatte geschlossen, dahinter war es dunkel, es warteten keine Reisenden mehr auf den Perrons. Horowitz zog mich in die Nische hinter dem Kiosk, bat um eine Zigarette, sog gierig und schrie, den Rauch ausstoßend, diese Familie sei eine Mörderbande. Sie richten jeden, über den sie reden, hin. Mich auch. Nur Fremden gegenüber gibt Toscanini mit mir an und preist mich als den neuen Liszt. Ich lebe nur in Angst vor ihnen. Nestwarmheit, sagt man das? Von wegen, die lassen einen sogar im Sommer erfrieren.

In einer Art Stimmbruch kippte seine Wut kieksend um in Schluchzen, und das schüttelte ihn so, dass ihm die Zigarette aus der Hand fiel. Er trat sie nicht aus, er trat sie tot, angewidert, als wäre sie ein dick gepanzertes Ungeziefer.

Dann lehnte er sich an die Mauer, die Augen geschlossen, abwartend und durstig. Deine süßen Lippen, flüsterte er, deine süßen weichen Lippen.

Allein im Abteil – kennen Sie das? –, wenn stundenlang alles vibriert hat und dann schlagartig Ruhe einbricht? Ruhe, völlige Ruhe, gewaltig wie der Tod, wenn man am offenen Grab eines Menschen steht, der einem gar nicht so viel bedeutet hat, und plötzlich ist er groß und mächtig, der Mensch im Tod und in der Stille. Ich öffnete das Fenster, die Gardinen flatterten mir entgegen, es roch nach Seetang und August und Freiheit, und ich ließ den Film dieses Tages ablaufen. Der Ton war das Wichtigste gewesen, dafür hatten alle gezahlt. Trotzdem war mein Film ein klassischer Stummfilm. Es wurde heftig gestikuliert, die Blicke sagten jedoch alles und meistens etwas anderes als die Gesten. Ich versuchte, die Bilder scharf zu stellen. Von den Kothurnen herab hatte Wanda ihre Mutter angesehen. Zuerst war mir ihr Blick verächtlich vorgekommen. Nach außen hin war Carla Toscanini des Kaisers Frau, doch jeder kannte seine Mätressen besser als sie. Toscaninis Gattin hatte ihr Gesicht verloren, und das hatte er ihr niemals zurückgegeben. Dann war mir, als läge etwas wie Neid, ein schmerzlicher Neid, in ihren Augen. Carla hatte es geschafft, die einzige Ehefrau Toscaninis zu bleiben, keine seiner Geliebten hatte sie verdrängt, ihre Position war unangefochten, und sie würde als Signora Toscanini sterben. Niemals würde er sie verlassen.

Ich war sicher, auf einmal alles zu durchschauen. Wanda wollte ihren Mann genau so weit unter ihrer Kontrolle wissen, dass sie ihr Gesicht als seine Ehefrau wahren konnte. Dann ihr Blick auf Sonia und Sonias Blick zurück. Der Mutterblick sagte: Was will dieses Mädchen hier? Es stört und lenkt mich ab. Der Tochterblick sagte: Was will die fremde Frau hier? Wallys Blick auf Volodja war abschätzig. Sie und der damals noch verheiratete Graf Castelbarco hatten vor zwanzig Jahren das

Zerwürfnis mit ihrem Vater in Kauf genommen, der sich als notorischer Ehebrecher über den Ehebruch empörte. Als Wally vor sieben Jahren geschieden worden war und in den Clan zurückkehrte, hechelte die Presse die Familienstreitigkeiten durch. Volodja war für Wally, behauptete Milstein, ein Karrierist, der Wanda nur aus Berechnung erwählt hatte. Dann der Blick von Horowitz auf seine Verwandtschaft, mit gesenktem Kopf. Es war der Blick eines Häftlings, dem man jeden Fluchtwillen bereits gebrochen hatte. Schlimm war für mich nur diese Unterwerfung in seinem Gesicht.

Jede Familie, die zusammenhält, hat ein Geheimnis: das Geheimnis, das sie zusammenhält. Liebe ist es ziemlich selten, Erbenwollen oder ein mehr oder weniger ungemütliches Pflichtbewusstsein sind es öfter, Abhängigkeit, Bequemlichkeit, Gewohnheit oder Angst vor dem Einsamsein häufig. Mir fiel das Bild über dem Ehebett meiner Eltern ein. Auf einmal schien es mir das Familienwappen der Toscaninis zu sein. Vielleicht waren sie alle Arturo ausgeliefert wie diese narkotisierte Frau dem Chirurgen. Aber sie legten sich freiwillig auf den Operationstisch. Sie brauchten seine Verletzungen. Falls dieses Genie von bestenfalls einssechzig, das darunter litt, nur bestenfalls einssechzig zu sein, einen Masochistenclub um sich versammelt hatte, erklärte das manches. Ehrlich gesagt, war mir der Masochismus der Damen egal. Doch Toscanini hatte offenbar auch Horowitz im Griff.

Allein im Abteil begegnete ich auch mir selbst. Es war keine beeindruckende Begegnung. Geliebt zu werden – etwas anderes hatte mich nie interessiert. Selbst das Musizieren war nur Mittel zu diesem Zweck. Alles war mir leicht gefallen und zugefallen, die Sympathien, die Liebhaber, die Liebhaberinnen und genügend Talent, um hübsch zu komponieren und Klavier zu spielen. Gekämpft hatte ich nie, um nichts und niemanden hatte ich gekämpft, nicht um den Klang eines Akkords, nicht um den Schmerz einer Melodie, nicht um einen Geliebten. An mir war nichts groß. Aber ich hatte durch Horowitz erlebt, was Größe ist. Künstlerische Größe. Und er machte sich nun klein und kläglich vor dieser Familienbande? Die Milsteins hatten recht: Es war der Fesseltrick mit der Schuld. Volodja fühlte sich schuldig, weil er Männer liebte, aber aus Karrieregründen diese Frau geheiratet hatte. Es kommt nur eine mit weltberühmtem Namen infrage, hatte Volodja Milstein verkündet, und ihrer war der weltberühmteste. Vielleicht war die Heirat auch der absurde Versuch gewesen, sich zu heilen und normal zu werden.

Allein im Abteil und in der Stille. Ich schmeckte noch den letzten Kuss, den längsten jemals. Volodja hatte sich an mir festgesaugt. War dieser Kuss ein Auftrag an mich als Fluchthelfer gewesen? Er liebte mich, und er liebte die Schweiz. Horowitz musste freigeschlagen werden.

Zu viel Sonne, kein Hut, das kennen wir schon, sagte der Schaffner. Schält sich schnell. In der abkühlenden Nacht hatte ich angefangen rot zu glühen.

Das Licht im Parterre brannte noch, als ich am Seefeldquai das Tor aufschloss, bei meinen Eltern im ersten

Stock war es finster, schlafen konnten sie kaum. Neu war das nicht. Üblicherweise komponierte mein Vater oben friedlich und still seine Soldatenlieder, während sein Schwiegervater unten pazifistische Parolen brüllte.

Die Fensterscheiben unten bebten. Bis in den Garten hörte man *Viva la libertà* aus Mozarts Don Giovanni. Mein Großvater trank Marzemino und freute sich.

Wie viele Juden leben bei uns?, fragte ich.

Achtzehntausend, sagte er.

Achtzehntausend auf vier Millionen Schweizer, das sind ... Das Gehirn meines Großvaters war die zuverlässigste Rechenmaschine der Welt.

Nullkommavierfünf Prozent, sagte er. Warum?

In dieser Nacht wurde ich politisch und ...

Wie haben Sie sich dabei gefühlt?

Als Held, sagte Kaufmann, irgendwie großartig, leider. Wahre Helden fühlen sich nicht so, nur falsche.

Als der Peugeot zu sehen war, blieb Donati knirschend stehen. Zu spät. Der Mann, der am Achtzylinder nebendran lehnte, hatte ihn bereits erspäht. Ein Mann in grauem Anzug und märzhimmelblauer Krawatte, dessen Gesicht es darauf anlegte, schnell vergessen zu werden. Er aber hatte offenbar diesen Klienten nicht vergessen.

Also doch, sagte er.

Donati schwieg.

Wissen Sie, was Sie mir angetan haben?, fragte die Beruhigungsstimme.

Donati schwieg.

Der Reiter über den Bodensee ist am Herzschlag gestorben, als er erkannte, dass er kilometerweit über Eis geritten war.

Donati schwieg.

Warum haben Sie uns angelogen? Es hörte sich an, als fragte er nach dem Weg.

Ich habe nicht gelogen. Die Wahrheit hat sich verändert.

Durch ihn? Der Mann mit der märzhimmelblauen Krawatte schoss scharf seinen gesamten Vorwurf auf Kaufmann ab.

Nein, sagte Donati, durch ein paar Minuten Musik.

Der Unauffällige öffnete seinen Wagen, warf sich auf den Fahrersitz und schrie heraus: Und die Schuldfrage?

Können wir nicht lösen, sagte Kaufmann freundlich, nur das Problem.

X

Im Kreis 4 hätte keiner den Kopf geschüttelt über einen Mann, der mitten auf der Straße mit geschlossenen Lidern im Frühlingsmittag langsam und deutlich vor sich hin redete und weder nach Kiffen oder Fixen, noch nach Saufen aussah und auch nicht nach einem, den gleich die mit den weißen Turnschuhen holen würden. Nicht mal wie ein Gesellschaftsankläger sah er aus, die trugen selten dunkelblaue Jacketts. Wird schon seine Gründe haben, sagte man sich in solchen Fällen im Kreis 4. Dort waren sich die meisten darüber einig, dass beängstigend verrückt nur eines war: niemals verrückt zu werden. Es wäre dort auch keiner stehen geblieben und hätte ihn angestarrt oder sich gefragt, warum der Autist einen Begleiter bei sich hatte. Im Kreis 1, erst recht im Allerheiligsten des Kreises, verhielt sich das anders. Die Beobachter wahrten einen Sicherheitsabstand, groß genug, um im Fall jäher Tätlichkeit ungeschoren davonzukommen, klein genug, um zu verstehen, was doch keiner verstand.

Jetzt gehe ich auf den einsamsten Platz der Welt. Es ist grausam. Niemand kann mir mehr helfen. Kalt ist es dort draußen, und ich habe keine Hoffnung auf Nähe oder Berührung oder Mitleid. Wenn ich hinaustrete, empfängt mich ihr bestialischer Geruch und verschlägt mir den Atem. Ich muss gegen Übelkeit ankämpfen. Die Scheinwerfer blenden mich und liefern mich ihnen aus. Blind starre ich dorthin, wo sie lauern, Hunderte. Kein einziges Gesicht kann ich ausmachen. Frierend breche ich in Schweiß aus. Die Angst, die Kontrolle zu verlieren, lauert hinter mir, ein sprungbereites Tier. Ich spüre schon seine Krallen. Und die im Dunkeln, sie werden gnadenlos sein, wenn es passiert. Sie warten nur darauf. Die Luft ist elektrisch geladen von ihrer Sensationsgier. Ich gehe jetzt auf den einsamsten Platz der Welt, sagte er. Er sagte das alles roboterhaft, ohne die Stimme zu heben oder zu senken. Ich stand neben ihm, hinter dem Vorhang. Seine Arme hingen leblos herunter. Die Hände fielen aus den weißen Manschetten wie Kalbsschnitzel, undenkbar, dass sie sich jemals bewegen könnten. Er hatte sich stark parfümiert, vielleicht der Versuch, sich zu betäuben oder gegen das parfümierte Publikum zu bewaffnen. Dabei hatte er sich so gefreut auf diesen Tag. Seine öffentliche Auferstehung.

Als Kaufmann seine Augen öffnete, eine Sonnenbrille aus der Brusttasche zog und wie Donati auf den Säulenportikus oberhalb der Treppe blickte, waren die kopfschüttelnden Passanten bereits weitergegangen. Was der Verwirrte nun trocken erklärte, hätte sie an ihrem gesunden Urteilsvermögen zweifeln lassen: Im Jahr achtunddreißig habe das Opernhaus noch Stadttheater geheißen. Das war kein Satz, der zu einem Verwirrten passte, wenn er ihn vor dem Opernhaus absonderte, das früher Stadttheater geheißen hatte.

Kaufmann wandte sich zu Donati. *Ich bin wieder guter Stimmung!*, hatte Horowitz erst vierzehn Tage vorher an mich geschrieben und mir geradezu befohlen, ich solle umgehend zu ihm nach Bern reisen, bei ihm Stunden nehmen, bei ihm auf seine Kosten übernachten, mit ihm zusammen in seinem Wagen nach Zürich zurückreisen. *Bei Deinem Lehrer, mit Deinem Meister*, hatte er geschrieben. Wir beide wussten, warum er das betonte. Und ich wusste, warum er das Postscriptum brauchte: *Ich habe gestern Abend fast ein Brahmsstück gespielt und bin deswegen sehr erregt! Phantastisch!* Napoléon hatte angeblich darunter gelitten, seiner Joséphine verfallen zu sein, einer Frau von einschlägigem Ruf. Die sexuellen Machtverhältnisse stehen oft auf dem Kopf. Der Herr wird Diener.

Er habe, sagte Donati, in letzter Zeit mehrmals von Topmanagern gehört, die im Kreis 4 Dominas frequentierten.

Das, sagte Kaufmann, ist etwas ganz anderes. Das nenne ich Sühnetherapie. Wollen wir uns bewegen? Vielleicht in Richtung Bellevue?

Im letzten Augenblick wandte sich Donati zögernd, fast beklommen, noch einmal um und erstarrte: ein Mensch wie ein exotisches Insekt mit dünnen Beinen, der Kopf bedeckt von einem lackschwarzen Haarhelm, der Hals lang und zartgelb, eine weite Jacke wie Flügel, changierend von Bougainvillea bis Karibiktürkis. Vermutlich war das eigentümliche Wesen aus dem Künstlereingang gekommen. Donati rief einen Namen, zu leise. Er rief noch einmal, etwas lauter. Es hielt inne, schien zu lauschen, ohne den Blick schweifen zu lassen, und schwirrte weiter.

Und?, fragte Kaufmann.

Nichts, sagte Donati.

Dort, wo das Insekt erschienen war, hing sein Blick im Leeren fest.

Kaufmann riss ihn los, indem er den Arm um Donatis Schultern legte und anschob. Im Passgang wankten sie Richtung Norden, und Kaufmann sprach fast im Takt.

In Bern hatte Horowitz sich frei gefühlt, vor allem gefeit. Wanda war in Sicherheitsverwahrung, er hatte sie nach Paris geschickt, um seinen Frack zu holen, den er fast drei Jahre lang nicht mehr getragen hatte. Ich war zu ihm gereist, in den Bernerhof, ein Grandhotel, in dem die Zeit so langsam verging, wie die Berner reden. Kein Wunder, dass es nicht mehr existiert. Welcher Mensch mit Geld, und das brauchte es für ein solches Haus, beherrscht heute noch das Langsamsein? Der Bernerhof hatte die Diskretion eines Sanatoriums für hysterischen oder cholerischen Hochadel, die Türen weiß lackiert, Doppeltüren, die Außentüre an der Innenseite gepolstert, die Wände zu den Nachbarzimmern stoffbespannt. Er hatte mir auf dem Steinway in seiner Suite das Herzstück für das Konzert am 26. September im Stadttheater vorgespielt – das mit dem symbolischen Wiedergeburtstag am 1. Oktober war am Belegungsplan gescheitert –, Schumanns C-Dur-Fantasie. Ein Wahnsinnsstück, sagte er. Ob der Wahnsinn in den Noten steckte oder in dem, der es zu spielen wagte, verschwieg er. Der Kopfsatz begann wie mit einem unterdrückten Schrei. Der zweite

Satz, der Schluss vor allem, gehört zu den am meisten gefürchteten Stücken des Klavierrepertoires. Aber erst beim letzten Satz, *durchgehend leise zu spielen*, verstand ich die Zeilen, ich glaube von Friedrich Schlegel, die Schumann als Motto dazu notiert hatte. *Durch alle Töne tönet / im bunten Erdentraum / ein leiser Ton gezogen / für den, der heimlich lauschet.* Für diesen Ton wagte Horowitz alles, einen Balanceakt, bei dem seine Nasenflügel bebten. Angst hatte ich keine um ihn. Erst als Horowitz den Deckel zuschlug, befiel sie mich. Es war nicht das Technische. Nervenkunst hatte einer diese Fantasie genannt. Das war es, und das ausgerechnet wollte Volodja riskieren!

Horowitz kehrt auf die Bühne zurück.

Die Nachricht hatte einen Feueralarm ausgelöst in der Musikwelt: In Zürich angekommen, war Volodja mit jedem Tag zittriger geworden. Der Frack spannte nur wenig über dem Bauch, seine Haut war gut durchblutet, er rauchte nur noch eine Zigarette pro Tag, und die Fantasie stieg wunderbar und schwerelos aus seinen Fingern auf wie die Vision einer Welt von gestern. Sogar Wanda sagte: Gut so. Ich vermutete, aus Berechnung. Wandas Gut-So sedierte üblicherweise. Trotzdem nahm Volodjas Nervosität zu. Der Veranstalter hatte offenbar damit gerechnet. *Wohltätigkeitskonzert für die Kinder von Flüchtlingen* stand auf den Plakaten und in den Inseraten. Es stimmt das Publikum gnädig, wenn Künstler unentgeltlich auftreten. Die Ankündigung verschwieg, dass es ausschließlich jüdische Kinder waren. Teils alleinreisende, die von der Kinder- und Jugend-Alija ins

Ausland geschleust werden sollten, nach England, in die USA, vor allem aber nach Palästina. Teils auch Kinder von Flüchtlingen, aus Österreich neuerdings, denen die Fremdenpolizei bei Geldstrafe hier das Arbeiten verbot, also das Geldverdienen. Ohne die Verjudungsgegner und Grenzendichtmacher wäre der Saal am 26. September halb leer geblieben. Der Auferstandene hatte zudem psychiatrischen Beistand bekommen: sein Freund, der Geiger Adolf Busch, bestritt mit seinem Quartett den ersten Teil. Er kannte Volodja seit Jahren und hatte für ihn 1933 das Vorspielen bei Toscanini eingefädelt. Horowitz ist grandios, aber er glaubt nicht mehr dran, behauptete Busch, und das ist Toscaninis Erfolg. Du bist ein sehr guter Pianist, hat er seinem Schwiegersohn erklärt, aber sonst bist du nichts. Keine Bildung, keine Erziehung, keine politische Haltung, nicht einmal Werktreue. Weil Toscanini so über Horowitz denkt, denkt auch Wanda so, und gemeinsam haben sie Horowitz das Rückgrat gebrochen.

Busch fand, man sähe ihm das an.

Plötzlich hieß es: Rachmaninow kommt. Er ausgerechnet, der mit der Krankheit zum Tode so intim war wie Horowitz und mit ihm auch die Panik vor der mörderischen Einsamkeit am Flügel teilte. Einen Tag vor dem Konzert beschloss Horowitz, statt der Schumann-Fantasie ein paar Chopinstücke zu spielen, in denen es keinen unterdrückten Schrei gab. Keine Nervenkunst.

Trotzdem lähmte ihn die Angst, als er neben mir hinter dem Vorhang stand, die Angst vor dem einsamsten

Ort der Welt. Der Inspizient oder irgendein Beleuchter hat es sicher gesehen, dass ich ihn küsste. Egal: Er marschierte los.

Nach den Mazurken zu Beginn, für ihn ein Kinderspiel, wischte er sich mit seinem großen Taschentuch die Hände ab, jeden Finger einzeln. Dann legte er ein frisches Taschentuch griffbereit auf den Flügel und begann mit der Polonaise-Fantaisie. Ein spätes Werk. Als Chopin es komponierte, war er selbst todkrank und schwach und forderte vom Pianisten, sich völlig zu verausgaben. In diesem Tanz durch die Extreme des Erlebens konnte Horowitz alles zeigen, ohne etwas von seinem Inneren zu offenbaren. Es war ein Kraftakt, der ihn an die äußersten Grenzen führte, ein Bekenntnis wie bei Schumann war es nicht.

Horowitz saß wie immer distanziert und ruhig am Flügel, aber er spielte, als ginge es um sein Leben. Ganz zum Schluss erst begann Optimismus aufzuleuchten, und Horowitz lächelte, als hätte ihn ein Wunder vor der Hinrichtung gerettet. Ich muss betrunken gewirkt haben, als ich nach der dritten Zugabe aus der Proszeniumsloge in die Künstlergarderobe torkelte.

Zehn Minuten später rumpelte dort Rachmaninow herein. Begnadigt, sagte er. Da brach aus Horowitz ein riesiges wildes Lachen heraus und galoppierte durch das Zimmer. Wanda erschoss es mit einem einzigen Satz.

Am 1. Oktober, Volodjas fünfunddreißigstem Geburtstag, klebte mein Großvater am Radio und erregte sich heiser. Die Deutschen waren ungehindert im Sudetenland einmarschiert, Chamberlain, Mussolini und Daladier hatten es Hitler zwei Tage zuvor im Münchner Abkommen erlaubt, des Friedens wegen. Das ist der Krieg, das ist der Krieg, krächzte mein Großvater, der erste Schritt in den Abgrund. Volodja interessierte das alles nicht, er schlief bis elf und vertiefte sich in die Kritiken zu seinem Konzert, das waren Daunenbetten.

Am 4. Oktober stimmte der Bundesrat einer Vereinbarung mit Deutschland zu, nach der die Pässe von deutschen Juden mit einem roten J gestempelt werden mussten. Die Schweizer Regierung hatte den Judenstempel nicht erfunden, aber für gut befunden, denn die Eidgenossen hatten befürchtet, ohne den könnten sich Juden als Christen bei ihnen einschleichen. Milstein war alarmiert. Volodja davon erzählen – wozu? Er wird nur schreien: Ich bin kein deutscher Jude! Und ein Toscanini reicht mir!

Ich war froh, dass er auf Rachmaninow hörte und während der Herbst-Winter-Saison in französischen Mittelstädten auftreten wollte, ein Belastungstest für Paris, New York oder London. Rachmaninow hatte nur an seine und Volodjas Bühnenpanik gedacht und keine Ahnung, dass er damit dem Vorschub leistete, was er verabscheute – der Männerliebe seines Freundes. Provinz war nichts für Wanda, also ideal für uns beide. Schlecht war für uns, dass Horowitz nun kaum mehr Zeit zum Unterrichten hatte und so der Vorwand fehlte, dass ich Tage oder sogar Wochen bei ihm blieb.

Von Laternenpfosten, Hauswänden und Litfaßsäulen lächelte Kaufmann und Donati ein Biedermann mit Krawatte, Dynamikerbrille und melierten Locken entgegen. Seit gestern war er der Mittelpunkt von Zürich, obwohl er nicht mehr da war. *GESUCHT* stand über seinem Porträt, und *BELOHNUNG FR 10000* stand darunter. Der Biedermann, von Beruf Architekt und oberster Chef der örtlichen Baupolizei, hatte kurz nach dem Frühstück ohne jede Hast vier seiner Untergebenen in ihren Büros mit einem Schuss in den Schädel liquidiert und einen weiteren schwer verletzt. Danach hatte er offenbar so geordnet die Flucht angetreten, dass keine Spur von ihm zu entdecken war.

Kaufmann verharrte vor einem der Fahndungszettel.

Es gibt Täter, die entziehen sich Jahre, Jahrzehnte dem Zugriff. Und es gibt welche, oft sind es Serientäter, die scheinen es darauf anzulegen, dass sie erwischt werden. In flagranti am besten. Denen fehlt die Kraft, sich zu stellen, aber die Sehnsucht, auszusteigen aus dem Teufelskreis, ist mächtiger als die Furcht vor der Strafe. Meistens heißt es dann, das Gewissen beiße sie zu sehr. Ich glaube, was sie treibt, ist eine Sehnsucht nach der befreienden Wirkung der Wahrheit. Wer keine Einbrüche begeht, Banken überfällt, Kinder schändet, Frauen erdrosselt, meint, so etwas sei ihm fremd, aber denken Sie an Thomas Mann. Vielleicht hat er deswegen in seinem Tagebuch alles zugegeben, was er im Leben verschwieg und unterdrückte. Posthum erst sollte es die Welt erfahren, das legte er fest. Posthum ist so etwas ungefährlich, sogar schlau, es heizt abkühlendes Interesse mit Voyeurismus an. Aber man muss nicht Thomas Mann sein. In jedem Menschen lebt vermutlich der Wunsch, erkannt zu werden. Erkannt als das, was er ist oder war.

Donati schien ins Gesicht des Biedermanns versunken. Kluger Gedanke, sagte er.

Kaufmann seufzte. Leider kam er mir erst, als es zu spät war. Sonst hätte ich aufgepasst. Unbewusst sehnte ich mich danach, von meinem Vater erkannt zu werden als Volodjas Geliebter, obwohl ich es bewusst darauf anlegte, ihm genau das zu verbergen.

Ich habe die Stimme meines Vaters noch im Ohr, als er in mein Zimmer einbrach. Sie war bedrohlich sanft. Du findest es also in Ordnung, deinen Vater ausdauernd anzulügen? Ich schwieg. Du findest es in Ordnung, sein Erspartes für deine sexuellen Abenteuer auszugeben? Ich schwieg noch immer. Und du findest es in Ordnung, in die Ehe eines großen Künstlers einzubrechen und seine Frau zu hintergehen, die dich für einen Freund hält?

In der Hand hielt er einen Brief von Volodja, ich hatte ihn irgendwo aus Versehen liegen lassen.

Kaufmann verstummte. Dann meinte er: Es hätte schlimmer kommen können. Das corpus delicti war relativ harmlos, keiner der Briefe, in denen Horowitz ins Detail ging. Schlimmer wäre es gewesen, hätte der Vater einen meiner Briefe gefunden, seitenlange Beschreibungen meiner amourösen Umtriebe. Damit verglichen war Casanova ein Versager, der Arme beschränkte sich bekanntlich auf *ein* Geschlecht. Ich hatte in meinen Briefen alles ausgespielt. Meine umjubelten Auftritte im Seebad Enge, das war mein Stammbad am Zürichsee, und meine intimen Begegnungen in einer Umkleidekabine, mein perfekter Service, bei dem von vorn und von hinten bedient wurde, und die Zuchtstierqualitäten meines sogenannten Tierchens. Horowitz bettelte um solche Berichte, fragte manchmal, ob sie wirklich der Wahrheit entsprächen oder nur ihm zuliebe erfunden seien. Aber es war ihm letztlich gleichgültig, er hatte sie offenbar so nötig wie die Luft zum Atmen. Seine Anspielungen darauf endeten Gottseidank rasch mit vielsagenden Pünktchen.

Es hätte sehr viel schlimmer kommen können, aber es war schlimm genug. Schau hin, zwang dieser Brief den braven Dr. med. Kaufmann, schau hin und sieh, was du nicht sehen willst. Der Künstler, den du wie keinen anderen bewunderst, lechzt nach deinem Sohn.

Siebenundvierzigeinhalb Jahre waren vergangen, und nun durchlebte Kaufmann alles noch einmal.

Ihm war es völlig gleichgültig, wie Donati sein Schweigen deutete, dem vermutlich anzumerken war, dass es ein Schweigen der besonderen Art war.

Erst als sie im Café Odeon Platz genommen hatten, regulierte sich Kaufmanns Puls. Es roch längst nicht mehr wie früher, als er hier mit Volodja, der immer mit dem Rücken zum Saal sitzen wollte, geraucht und Tee getrunken hatte. Die eigene Konditorei im Keller, die das Caféklima mit Butter und Vanille geschwängert hatte, und das Dancing im ersten Stock, von wo sich Eau-de-Toilette- und Havannaschwaden abwärts senkten, waren verschwunden, die Schwulen und die Schillernden, die Unverwechselbaren, schlimm oder schön, waren weniger und die Beliebigen mehr geworden. Selbst vom Personal wusste keiner mehr, wo Mussolini und wo Einstein gesessen hatte, wo Werfel, Furtwängler, Lasker-Schüler, wo Toscanini und wo Horowitz. Die meisten kannten Mussolini und Einstein ohnehin nur noch dem Namen nach. Doch der Marmor an den Wänden und das rote Leder der Polster und die Facetten der Kristalllüster raunten, es wehe hier noch der Geist von damals.

Was passierte dann?, riss Donatis Bariton Kaufmann aus der Erinnerung.

Die Inquisition tagte über Horowitz und mich. Mein Vater schrieb umgehend einen Expressbrief an Wanda, und Wanda telefonierte umgehend mit meinem Vater. Das Urteil: lebenslänglich. Unbefristetes Verbot, uns jemals wiederzusehen, es sei denn, unter Aufsicht. Außerdem kamen beide zu einer klaren Schuldzuweisung: Horowitz sei der Versucher, der mich vom rechten, also vom heterosexuellen Weg abgebracht hatte, ich sei der gewissenslose Narziss, der sich wider seine natürliche Veranlagung auf einen Mann eingelassen hatte, um für ihn unverzichtbar zu werden. Mein Vater und Wanda waren offenbar beide der Ansicht, ein Psychiater könnte mich zum Heil zurückführen. Immerhin ahnte mein Vater, dass es da tieferliegende Beweggründe gab, und entschied sich für einen Psychoanalytiker und gegen Medikation oder andere Maßnahmen.

Die Eingangstür zum Odeon wurde aufgerissen. Herein flog das exotische Insekt aus der Oper. Kaufmann wollte Donati bitten, sich unauffällig danach umzudrehen, doch der starrte an ihm vorbei auf die Wand und stöhnte. Kaufmann hatte den Spiegel in seinem Rücken vergessen. Das Insekt ließ sich summend an einem Ecktisch nieder, Sopranlage, es hörte sich an wie eine Arie von Händel oder Purcell. Donati stöhnte noch einmal, stand auf und ging dorthin, wo das schöne Insekt summte. Die beiden redeten Englisch, Donati im Stehen, das changierende Wesen blieb sitzen. Kurz nur, dann wischte Donati sich mit dem Handrücken eine Wange ab, kam zurück und wollte aufbrechen. Ja, jetzt sofort.

Im Freien rieb er die Wange noch einmal mit dem Taschentuch ab. Zum ersten Mal in meinem Leben bin ich angespuckt worden, leider zu Recht.

Und?, fragte Kaufmann.

Nichts, sagte Donati.

Beide warteten, ohne dass einer gewusst hätte, worauf der andere wartete.

Kaufmann machte den ersten Schritt Richtung Bellevue.

Plakatkleber hatten Leitern und Eimer aufgestellt vor der Fassade des Bellevuehauses, wo der Kinoeingang lag, rissen alte Plakate ab und rollten neue aus. Sie sind zu jung, sagte Kaufmann, oder haben Sie noch eine Ahnung von dem, was das Grandhotel Bellevue einmal war? Sogar ich bin zu jung, nach dem Ersten Weltkrieg wurde der Hotelbetrieb eingestellt, aber meine Eltern bekamen noch feuchte Augen, wenn sie von ihrem ersten Rendezvous auf der Restaurantterrasse zur Limmat hin erzählten. Für mich war das Bellevuehaus eine Strafvollzugsanstalt. Da oben, zweiter Stock, in diesem turmartigen Eck, hatte mein Psychiater seine Praxis. Stumm hockte er hinter meinem Kopf und sagte nichts als *interessant* oder *ah ja* oder *mhmm*. Sie ahnen nicht, wie viele Varianten von *mhmm* er draufhatte, von Dur nach Moll, von Moll nach Dur modulierend, in aufsteigender oder abfallender Tonhöhe, con sordino oder ohne. Er wollte erfahren, was ich träumte, ich erzählte ihm genau das, was er hören wollte, frei erfunden. Auch meine Tagebücher aus der Zeit vor Volodja brachte ich ihm mit, damit er Futter hatte. Der Analytiker wirkte trotzdem. Ich notierte meine Träume auf einem Schnellschreiber, der auf dem Nachttisch lag, und versuchte, sie zu deuten. Es war infam, im Grunde makaber, aber jetzt, wo alles zu Ende war, begann ich zu erahnen, wer Horowitz war. Ich hörte laut, was ich mehr oder weniger überhört hatte. An dem Tisch dort drüben hatten wir gesessen, es war Toscaninis Stammtisch gewesen, und hatten über Toscanini geredet. Ohne Träume kann kein Musiker groß werden, meinte Volodja, die Träume seien die Wirklichkeit des Musikers, und dort solle man ihn gefälligst in Ruhe lassen. Toscanini, der ihn zum politischen Bekenntnis drängte, war für Volodja einer, der den Träumer aus dem Traum riss. Das sei so gefährlich, wie den Schlafwandler aus dem Schlaf zu wecken. Das Unbewusste …

Darf ich Ihnen meinen Keller zeigen?, unterbrach ihn Donati.

Meilen war dankbar für Abwechslung. Jeder glotzte dem alten Peugeot nach, der vor der Villa Donati hielt, und jeder wunderte sich, dass sich das Tor für diesen verbeulten Wagen öffnete, der nach einem französischen Intellektuellen ohne Arbeit aussah.

Der Schlüssel fand das Loch dieses Mal sofort. Die Stiege in den Keller war aus hochglänzendem Granit, die Halogenlampen beleuchteten klinische Sauberkeit. Die hinterste Kellertür klemmte. Donati stemmte sie mit seinem Körpergewicht auf und gab den Blick frei auf sein unterirdisches Gebirge.

Angestaubte Bücherhaufen machten die vorderste Hügelkette aus. Obenauf viele schwarze Einbände mit einem goldenen Kreuz, Bibeln oder Gesangbücher oder Gebetbücher, darunter lag Schwartiges in Wachstuch gebunden, vielleicht Kochbücher, vielleicht Schulbücher über verrutschten Stapeln von Illustrierten. Dahinter erhoben sich Berge von Kissen, Decken, Bettvorlegern, Kaufhausgobelins, bestickten Handtüchern mit frommen Sprüchen. Linker Hand Vorgebirge aus leuchtendbunten Olivenölkanistern und bastbauchigen Chiantiflaschen, in denen noch Kerzenstummel steckten. Rechter Hand ein Höhenzug aus Objekten in Plastikfolie; Kaufmann sah Heiligenfiguren und Sammeltassen, Kruzifixe, Suppenterrinen, Espressokocher und Kasserollen durchschimmern. Ganz hinten, steil und kantig, die Gletscherhöhen verkanteter Kartons.

Donati kannte sein unterirdisches Gebirge. Keine Gämse hätte mit größerer Sicherheit den Pfad durch die Unwirtlichkeit bis ganz nach hinten beschritten. Er kehrte zurück mit einem Bündel unter dem Arm und zwei großformatigen Alben, die er an der Kordel im Rücken über drei Fingern trug.

Haben Sie Zeit?, fragte er.

Kaufmann lachte.

XI

Sie starb mit unendlich langem Atem. Gleichmäßig strömte ihr Schwanengesang. Der Held ihres Herzens hatte sie verlassen, für immer. *Erinnere dich an mich, aber ach, vergiss mein Schicksal*, waren ihre letzten Worte, nachdem sie das Gift getrunken hatte. Dann knickte Königin Dido dort ein, wo das barocke Mieder ihre Taille abzeichnete. Die Tote wurde vom Schnürboden aus mit Rosen beworfen, und das Publikum toste.

Kaufmann weinte. Er war nicht der Einzige, und wenn er es gewesen wäre, es hätte ihn nicht gekümmert.

Die Solisten aus Purcells Oper traten vor den roten Vorhang, Dido und Aeneas Hand in Hand. Da griff sich Dido ins weiße hoch aufgetürmte Perückengelock, riss es herunter und stand da mit einem Helm aus schwarzem Haar.

Seit gestern Nacht wusste Kaufmann, wo Donati diese Gestalt zum ersten Mal gesehen hatte: in der Pekingoper in Xiamen. Mehr als sieben Jahre war es her, und sie trug damals Kopfputz und Kostüm einer Dan Qing Yi – *tugendhafte Frau, die auch in der Armut Grazie wahrt*, umschrieb das Programm ihre Rolle –, sang viel, wobei sie den Kussmund nicht weit öffnete, und bewegte sich in ihrem granatapfelroten Kleid sparsam zu Klängen, die

Donati kaltließen; hohl tönte eine Mundorgel aus Bambus, dünn eine Flöte, ein Streichinstrument mit nur zwei Saiten wimmerte, und dumpfe Trommeln schwächelten. Mit Musik hatte das für ihn so wenig zu tun wie eine Sago-Suppe mit einer Suppe. Er sehnte sich nach Tina Turner & Band und der Minestrone seiner Mutter. Rechts und links von ihm und auch in den Reihen davor waren nach der Pause alle Westler verschwunden, ihn hielt nur Dan Qing Yi, deren Stimme ihn an einer Stelle berührte, von der er bisher nichts gewusst hatte. Ihm schien, als suchte Dan Qing Yi Schutz, seinen Schutz, und als richtete sich ihr Blick schwarzglänzend und pfeilgerade auf ihn.

Am Künstlerausgang lagen ausgespuckte Essensreste auf der Straße, es stank und war düster. Sie nahm die Einladung zum Dinner an und auch die zu einem Wochenende am nahen Badestrand auf Gulangyu. Donati war, als könnte das die Frau sein, die ihn von ihrem Geschlecht zu überzeugen vermochte. Sie gab ihm ein Gefühl von Stärke. Als sie in seinem Bungalow mit Aussicht auf das Meer am Herd stand, hörte er seine Mutter: Sieh dir eine Frau beim Kochen von hinten an. Wenn sie konzentriert und leise hantiert, ist sie auch sonst gut, wenn sie lärmt, verschüttet, fahrig ist und flucht, lass die Finger von ihr.

Dan Qing Yi hantierte konzentriert und leise.

Als sie schließlich nackt vor ihm stand, überzeugte ihn ein seidenglatter, feingliedriger Körper mit beweglichen Lenden und einer Haut in der Farbe von Akazienhonig.

Es war ein männlicher Körper.

Dan Qing Yi lächelte ihn aus. Die Dans würden traditionell von Männern gespielt.

Nach einer Nacht, in der er wohl ein, zwei Kilo abgenommen hatte, wusste er, dass Dan Qing Yi nur Männer liebte und damit zu den tausend blühenden Blumensorten gehörte, die im Namen des weisen Mao mit Stumpf und Stiel ausgerottet wurden. Verhört, gefoltert, in Lagern lebendig begraben und schließlich namenlos verscharrt oder gleich erhängt. Nach einer Woche ließ er sich von Dan Qing Yis ältestem Freund in Xiamen 24 rosafarbene Maßhemden schneidern. Nach zwei Wochen erfuhr er, dass Dan Qing Yi darauf vertraute, von ihm befreit und in die Schweiz entführt zu werden. Am Morgen danach ließ Donati Qing Yi neben einem Packen Geldscheinen erwachen, allein.

Beim dritten Vorhang erschien Dido ohne Brokatmieder und Brokatrock im schmalen weißen Batistunterkleid, durch das ein seidenglatter, feingliedriger Körper schimmerte mit beweglichen Lenden und einer Haut in der Farbe von Akazienhonig. Der schönste Countertenor Europas.

Zwei Worte waren es, an denen sich nach dem Opernbesuch Kaufmann und Donati am Küchentisch in Kreis 4 beim Kamillentee verhakten: Macht und Liebe. Sollten nichts miteinander zu tun haben, fand Donati.

Ach, sagte Kaufmann, finden Sie? Sie hatten und haben jedenfalls immer wieder miteinander zu tun, und das endet auf der Bühne, in Büchern, in Filmen und in der

Wirklichkeit, schlimm. Betrug, Intrige, Trennung, Krieg, Selbstmord, manchmal Mord.

Oder der Mächtige lässt den Ohnmächtigen einfach hängen, sagte Donati leise.

Kaufmann legte seine Hand auf die von Donati und bedankte sich für das Stichwort. Bei *hängen* denke ich an abhängig. Es hört sich absurd an, aber Horowitz war abhängig von meinen Briefen. Mir kam es damals so vor, als wäre er ohne sie in einer Art Entzugsdelirium gelandet. Schreib sofort, schreib ausführlich, schreib mit vielen Details, schicke den Brief express, warum hast du nicht geantwortet?, ich erwarte umgehend eine genaue Beschreibung ...

Kaufmann stand auf und verschwand Richtung Wohnzimmer. Er kehrte wieder mit einem verschnürten Paket aus Briefkuverts. Geduldig knüpfte er es auf und breitete die Umschläge aus. Auf fast allen leuchtete rot der Aufkleber *EXPRESS*.

Darf ich? Donati betrachtete die Rückseiten der Kuverts. Der Name des Absenders war gut lesbar. Und Ihr Vater?, fragte Donati.

Volodja hatte sich eine Elternsicherung ausgedacht. Er begann jeden Brief mit einer Seite, auf der er sich, mich siezend, im Ton eines katholischen Seelsorgers äußerte. Aber auf Seite zwei wurde klar: Volodja war eifersüchtig und versuchte, mich damit anzustecken. Kaufmann nahm einen Brief, schüttelte den Kopf, nahm einen anderen, auch der war es nicht, den nächsten strich er glatt. Ja, das ist so einer. Hier, am 24. Oktober 1938 aus dem Lausanne Palace Beau-Site Hotel: ... *ich hätte Dir sehr gerne etwa Brahms vorgespielt, aber Du siehst, dass es unter diesen Umständen nicht möglich ist. Deswegen war mein erster Brief im Ton so scharf, weil ich jetzt mit anderen Brahms studieren muss, was für unsere Freundschaft, wie ich schon mehrere Male gesagt habe, nicht günstig ist ... Schreib mir sofort, wie Du arbeitest, musikalisch, geistig etc. Ob Du viel Brahms und Chopin spielst, ob es »maschinenmäßig« ist oder »gefühlsmäßig« und wie es dem Tierchen geht. ... Du siehst jetzt, dass an allem, was passiert ist, nur Deine Leichtsinnigkeit schuld ist – ich habe Dir immer gesagt, dass Du meine Freundschaft verlieren wirst in dem Moment, wo ich Dir keine Stunden mehr geben kann –, das war der Grund, und ich bin zu anständig, mit Dir anders als so befreundet zu sein. Jetzt sieht die Sache böse aus ...*

Es hatte nichts gebracht, dass Horowitz nach Zürich gereist war und lange mit meinem Vater und dann mit meinem Psychiater geredet hatte. Leichtsinnigkeit – damit meinte er nicht nur den verlegten Brief, er hatte mir schließlich strenge Anweisung gegeben, seine Briefe zu vernichten, es ging auch um meine, sagen wir sexuellen Affären. Darum und nur darum kreiste er, wenn er nicht Klavier spielte. Die Welt brannte, Horowitz beschäftigte das offenbar nicht. Am 7. November war im Rundfunk gemeldet worden, dass ein siebzehnjähriger polnischer Jude namens Herschel Grynszpan, dessen Eltern aus Hannover mit achtzehntausend anderen polnischen Juden wie Vieh aus Deutschland zum Flüchtlingslager Zbąszyń deportiert worden waren, in die Pariser Botschaft eingedrungen war und den Legationssekretär Ernst vom Rath niedergeschossen hatte. In der Rue de Lille, unweit von Volodjas Lieblingshotel war das passiert. Kein Wort darüber in seinen Briefen. Auch kein Wort über die sogenannten spontanen Reaktionen auf Herschel Grynszpans Tat, nachdem der Sekretär gestorben war. Kampftruppen der SA und der SS setzten in der Nacht zum 10. November Synagogen in Brand, zerstörten jüdische Häuser, verwüsteten jüdische Friedhöfe, schlugen die Scheiben jüdischer Geschäfte ein und verhafteten um die zweieinhalbtausend Juden. Bei Horowitz ging es ausschließlich um seine Tourneetriumphe und um seinen Hunger auf postalische Ablenkungsmanöver durch mich. Nur lustige Briefe forderte er, bloß keine tragischen. Er reiste allein und war, trotz der Erfolge, in den einsamen Stunden von seinen Dämonen bedroht.

Wer nie als Musiker getourt ist, der kennt sie nicht, die Einsamkeit nach dem Auftritt. Die des Solopianisten ist am größten. Da gibt es keinen Begleiter, keine Kollegen. Kehrte Horowitz, die Ovationen im Ohr, verloren in sein Hotelzimmer zurück, drohte er abzustürzen in Depressionen.

Ich weiß, sagte Donati.

Kaufmann stutzte. O Gott, ja. In kleinen Schlucken trank er sein Kamillenteeglas leer.

Es waren erst vierundzwanzig Stunden vergangen, seit Donati ihm erzählt hatte von seinen einsamen Nächten in den Hotelzimmern auf Dienstreisen zwischen Prag und Pittsburgh und Peking. Dass er nie wie andere imstande gewesen war, sich mit Exkursionen in einer fremden Stadt, mit Aufrissen an der Bar oder mit Fernsehglotzen abzulenken, und mit der Kultur habe es auch meistens nicht geklappt. Zu wenig verstanden, zu wenig empfunden, und meistens seien sie schon beim Hinausgehen gekommen und hätten ihn umzingelt, die – Dämonen, Horowitz habe sie aus gutem Grund so genannt. Das seien Dämonen, unberechenbare Geister. Füsslis *Nachtmahr*, hatte Donati erklärt, sei für ihn das wichtigste Bild der abendländischen Kunst. Was für ein Blödsinn, darin einen Albtraum zu sehen. Das ist kein Traum, hatte er gesagt, der Dämon be-sitzt dich wirklich, er sitzt auf dir wie dieses Monster bei Füssli auf der Brust der Blondine und erdrückt dich. Das Schrecklichste an diesem Bild sei das Pferd im Hintergrund mit seinen geilen leeren Augen, das dem mörderischen Dämon tatenlos zusehe wie jeder Bildbetrachter.

Die anderen lassen es geschehen, hatte Donati gesagt, keiner holt dich raus, und irgendwann bist du selbst der Einzige, der dem Ganzen ein Ende bereiten kann. Ein Ende für immer.

Und Wanda?, fragte Donati jetzt. Wo war Wanda? Dafür wäre sie doch gut gewesen, ihm die Leere zu füllen, damit die Dämonen das nicht tun.

Kaufmann schenkte ihm Kamillentee nach. Sie hatte auf die meisten seiner Konzertreisen keine Lust. Ausgerechnet in Luzern, wohin ich leicht kommen konnte, bekam sie auf einmal Lust, auch da zu sein. Ihretwegen musste Volodja in Toscaninis Stammhaus, dem Hotel

National, übernachten. Dann kam der Anruf. Auf den 11. November zitierte er mich mit heiserer Stimme dorthin, der einzige Abend, an dem sie aushäusig war. Ich hatte mir für die Rückfahrt den letzten Zug ausgesucht, damit wir so viel Zeit wie möglich für uns herausholen konnten.

Im Marmorfoyer des Hotel National, dort, wo ich zum ersten Mal Toscanini begegnet war, hing Volodja schlaff im Sessel und drückte im Ascher auf der Lehne seine Zigarette aus, als mich die Drehtür hereinspülte. Scharfe Linien neben dem Mund, dunkle Ringe um die Augen, die Haut fahl weiß.

Mühsam stemmte er sich hoch. Nein, ich sollte mich gar nicht erst niederlassen, sagte er und fingerte eine neue Zigarette aus seinem Etui. Ich gab ihm Feuer. Er paffte eine Wolke vor sein Gesicht, und hinter der Wolke sagte er mit gesenkter Stimme scharf: Es ist vorbei. Ich mache mit dir Schluss.

Schluss –

Kaufmann schwieg, als lauschte er dem Satz nach, noch immer fassungslos, fast fünfzig Jahre später. Dann – wieder ich allein im Abteil auf dem Weg von Luzern nach Zürich. Das letzte Mal, im August, glühend und siegesgewiss, jetzt, im November, fröstelnd und völlig aus dem Leim. Ich suchte nach Gründen und versuchte, mich an alles zu erinnern, was Milstein über Volodja erzählt hatte. Niemand sonst liebte ihn derartig unverbrüchlich, obwohl kein Zeichen von Liebe zurückkam. Keiner kannte ihn besser. Und Milstein hatte mir erklärt: Volodja ist vielleicht der letzte Romantiker. Er, der von

Volodjas Leidenschaft für Schwulenclubs wusste, in denen es nicht zimperlich zuging. In diesem Punkt hatte ich Milstein nicht ernst genommen. Schon wie Horowitz über Besitz und Geld dachte, war wenig romantisch. In Paris hatte er mir zum Ausgehen immer wieder eine seiner kostbaren Fabergé-Tabatièren gegeben, ausgeliehen für heute Abend, betonte er. Geschenkt hatte er mir bisher nur eine abgelegte dunkelblaue Strickjacke von Lanvin, seiner Lieblingsmarke. Seit er sich wieder auf Tournee befand, war Geld ein zentrales Thema für ihn. Kaufmann suchte in seinen Briefen. Hier: *Ich habe meinen Tarif und werde nicht mehr in Wohltätigkeit machen (ich finde keinen Grund dazu).* Die Bernoullis hatten ihn gebeten, die Gage für einen Auftritt in Basel aus Freundschaft etwas zu ermäßigen. Sein Kommentar, bitte, hier direkt darunter: *Aus Freundschaft können sie ihre Taschen ein wenig aufmachen, wenn sie gute Musik wollen, sonst gibt es andere Künstler.* Für die Flüchtlingskinder hatte er gratis gespielt, aber vielleicht nur, weil er selbst irgendwie ein Flüchtling war. Konnte sein, dass er das Geld gegen die Existenzangst brauchte. Der Absturz seiner Familie, sagte Milstein, brannte nach wie vor in seinem Hirn, den Umzug von der feudalen Großbürgerwohnung ins erbärmliche Vorstadtquartier hat er als entsetzliche Demütigung erlebt und nie vergessen. Und dann seine Selbstzweifel. Möglich, dass ihn das Geld in seiner Wichtigkeit bestätigte und ihm den Rücken stärkte, wenn er ins Wanken geriet. Trotzdem, mit Romantik ging das für mich nicht zusammen.

Es war schon Halbzeit auf dem Weg nach Zürich, und

ich war noch immer nicht darauf gekommen, was an Volodja romantisch sein sollte. Vielleicht meinte Milstein Volodjas Mut, ein Träumer zu bleiben, obwohl die Gesellschaft, nicht nur die eidgenössische, solche Träumer für Saboteure der Verlässlichkeit hielt und ausspuckte. Vielleicht war das Romantische an ihm sein Glaube an die Musik als etwas Grenzenloses, Unendliches. Musik war seine einzige Religion, eine andere brauchte er nicht. Sein Gott lebte in der Musik, und wenn er gut spielte, war das seine Art Gottesdienst. Aber all das hatte nichts mit mir zu tun und damit, dass er Schluss gemacht hatte.

Erst als der Zug in die Stadt einfuhr, stolperte ich über einen Widerspruch, über den ich längst hätte stolpern müssen. Volodja animierte die Lektüre meiner Eskapaden, oft erregte sie ihn derart, dass es nur noch für die vielsagenden Pünktchen reichte. Aber er hatte sich verletzt gezeigt von meinen Affären. Nicht nur, wenn meine Geliebten für eine Nacht aus seiner Sicht Leute aus der Gosse waren. Weh tat ihm offenbar der Verdacht, das Ganze wäre mit Gefühlen verbunden. Das war es, das Romantische. Horowitz glaubte an Treue, an das Liebesglück mit dem Einen und Einzigen. Mich interessierte damals nicht das große Glück, das war mir zu unsicher, ich wollte nur mein Vergnügen, und dabei war Treue im Weg.

Vergiss Volodja, denke an Horowitz, schrieb er und signierte auch nur noch mit Horowitz. Aber er wollte auch als Volodja nicht vergessen werden und meine Bettgeschichten weiterhin abonnieren, als Gutenachtgeschichten. Er war außerstande, das Ganze aufzugeben, und forderte hungrig neue Animationen ein. Da, ein ganz typischer Brief, vom 23. November aus dem Hotel des Indes in Den Haag. *Nichts Tragisches*, befahl er schon wieder. *Mein Tierchen ist jetzt im Schlaf, da ich sehr viel arbeite. Und Du? Hat Dein Tierchen Kraft verloren, oder hat es schon ein Opfer gefunden?! Kein Chopin, kein Brahms? Und nichts Jonny gewidmet? … Schreibe ausführlich über diese Frage, da ich momentan nur leichte und lustige Briefe verdauen kann!*

Am 8. Dezember 1938 meldete er sich aus dem Hotel Lancaster in Paris und dankte für meine Post. *Ich habe mich viel amüsiert.* Zwei Tage vorher hatten Deutschland und Frankreich einen Nichtangriffspakt unterzeichnet, Volodja wähnte sich in Paris sicher. Er war auf die Idee verfallen, in Paris eine Wohnung zu beziehen, mit Wanda natürlich, und freute sich auf das eigene Heim wie ein Kind. Sein Kind war abgestellt bei der Tante.

Apropos abhängig: Ich war es natürlich selbst. Auf etwas wie das Engagement in Basel hatte ich keine Lust mehr. Mit zweiundzwanzig streckte ich wieder die Füße unter den Biedermeiertisch meiner Eltern. Ich wollte ein großer Pianist werden, kein kleiner Kapellmeister. Um halb acht saß ich mit ihnen beim Frühstück, um zwölf beim Mittagessen, um sieben Uhr beim Abendessen, meine Wäsche wurde versorgt, mein Zimmer geputzt, mein Bett gemacht, und notwendige Kurzreisen wurden finanziert. Deswegen konnte ich mir nur solche innerhalb der Schweiz leisten, wo nicht sofort der Verdacht aufkam, dass sie zu Horowitz führten.

Die Heimlichtuerei machte mir nicht zu schaffen, ich fand, das sei die logische Folge dieser erzieherischen Maßnahmen. Ich hatte meinen Spaß daran, die Korrespondenz mit Horowitz an meinem Vater vorbei zu lavieren und mich nach einem Telefonat mit ihm harmlos lächelnd an den Tisch zu setzen. Die Adressen von Horowitz veränderten sich ständig. Als wollte er vermeiden, einmal innezuhalten und die Gedanken kommen zu lassen, reiste er von Konzert zu Konzert, meistens Solorezitals, für ihn das Schlimmste.

Im Dezember war er in Monte Carlo gebucht, über Weihnachten wollte sich Wanda in Paris mit ihm auf den üblichen Partys und Empfängen zeigen, im Januar hatte er Auftritte in St. Étienne und Lyon, im Februar in Paris und Brüssel, dann London, zwischendrin einzelne Konzerte quer und längs durch England, im April Stockholm und noch ein paar Stationen in Skandinavien; er werde von England über Göteborg anreisen, da er durch *das Dritte Gangster Reich*, wie er es nannte, nicht fahren wollte, im Mai Plattenaufnahmen mit Toscanini und allein, ohne Wanda, in London, nach den Aufnahmen Klavierabende in den Niederlanden. Immerhin hatte er sich eine Sommerpause verordnet, aber für November / Dezember 1939 war er erneut in England engagiert und von Februar oder März bis Mai 1940 in Nordamerika.

Er wurde nicht müde, mir Vorwürfe zu machen. Ich sollte einsehen, dass die Trennung nur von mir verschuldet sei. Einen Moment ...

Kaufmann suchte und fand.

Da ... *Während der 1 1/2 Jahre, in denen ich Dein Leh-*

rer und Freund war, musste ich viel Geduld zeigen. Deine Art Leben und Denken war mir oft unsympathisch und fremd! Ich habe Dir das oft gesagt ... Du wirst älter und verstehen, was Du an mir als Mensch gehabt hast. Und schauen Sie, Donati. Er schob ihm den Bogen hin und deutete auf das Wort *Mensch*. Es war dreifach unterstrichen.

Auf einmal gab sich Horowitz moralisch. Ich verstand nicht, was das sollte. Beruhigt stellte ich fest: Er begehrte mich nach wie vor, und er hatte keine Skrupel, meinetwegen Wanda zu hintergehen.

Sollten wir uns diesen Winter irgendwie treffen, darf meine Frau das nicht wissen ... Bist Du dicker oder magerer geworden? Ich sehe, dass Du Ersatz gefunden hast und Brahms à la Chopin spielst. Schreibe mir ganz detailliert, was und wie Du spielst ... Das ist gut für mich, weil es mein Bedürfnis bremst, mir jemanden zum Spielen zu suchen ... ich bin müde ...

Dass er müde war, lag nicht nur an seinen Tourneen. Seit er wieder auftrat, erkannte man ihn überall. Unser Versteckspiel war hochriskant und damit anstrengend geworden. Einfach nach Paris zu ziehen und für ihn verfügbar zu sein, verbot mein Vater, und auch der Psychiater war so strikt dagegen wie Wanda. Ich sollte – Kaufmann kicherte – normal werden. Trotzdem hoffte Horowitz, meinen Vater auf seine Seite ziehen zu können. Für zwei, drei Wochen zu Beginn des Jahres neununddreißig plante Volodja einen Urlaub in den Schweizer Bergen, mindestens tausend Meter hoch, das hatte ihm sein Pariser Hausarzt empfohlen, Wanda wollte nicht mitkommen, weil sie mit den Vorbereitungen für die große Tournee in den USA beschäftigt war. Da könnten wir uns sehen, schrieb Volodja. Ich sollte meinem Vater erklären, bei mir sei dringend eine Revision nötig, und das sei eine außergewöhnliche Gelegenheit. Die außergewöhnliche Gelegenheit hatte er dick unterstrichen. Am 27. Dezember 1938 drängte er, sein Angebot sei *ein außerordentliches Glück* für mich, da er danach für Monate verplant sei. Mein Vater fand das nicht.

In der Nacht auf den 1. Januar 1939 träumte ich vom Krieg. Ausnahmsweise erzählte ich es wahrheitsgemäß meinem Psychiater und Analytiker. Das hat mit Weltkrieg nichts zu tun, sagte er, da geht es um Ihre eigenen inneren Konflikte. Ich brauche Ihnen nicht zu erklären, dass Waffen Phallussymbole sind.

Aber mein Gegner mit dem größten Gewehr in einer schwarzen Fantasierüstung hatte am Schluss das Visier hochgeklappt, und das war kein Mann, es war eine Frau.

Mmm, sagte der Analytiker.

Es war Frau Horowitz.

Mmhmm, sagte er.

Also kann das mit dem Phallus nicht stimmen, protestierte ich. Meinen Sie?, fragte er gut gelaunt.

Ich war wütend. Auch die anderen Gegner offenbarten sich als Frauen, wehrte ich mich, nur Frauen, und Frau Horowitz küsste sie inbrünstig.

Manchmal, sagte er, hat der alte Freud doch recht, dass Träume Wunscherfüllung sind.

Damit entließ er mich.

Am 15. Januar 1939 rächte sich Volodja dafür, dass mein Vater sein Angebot abgelehnt hatte und ich zu feige gewesen war, ihm zuwiderzuhandeln. Ich sei, schrieb er, offenbar in einem Zustand, wo ich eine psychologische Behandlung dringend nötig hätte und dabei keine Störungen erleben sollte.

Kaufmann fand den Brief auf Anhieb. *Da diese »Störungen« nur von mir kommen können, denke ich, dass ich Dir gar nicht mehr schreiben sollte, weil es bestimmt Deinen Psychiater daran hindert, Dich von mir zu befreien! ... Ich bin absolut mit Deinem Vater einverstanden, dass Du momentan zu Hause bleiben solltest, da ein Mensch und ein Mann ...* Kaufmann blickte auf und verzog den Mund – hinter das Wort *Mann* hatte er in Klammern ein Fragezeichen gesetzt ... *von fast 23 Jahren, der nicht weiß, wohin er gehen und was er machen soll, was er liebt und nicht liebt ... ein solches »Phänomen« muss behandelt werden ... Ich bitte darum, mich nicht mehr zu verteidigen, da ich es nicht brauche. Ich weiß, was ich Dir gegeben habe, und ich werde daran immer nur mit Stolz denken.*

Mehr als deutlich sprach Horowitz aus, was er über mich und die Homosexualität dachte. Als er mich in Basel kennenlernte, hätte ich doch schon ausreichend Erfahrungen mit Männern gehabt. Er sei übrigens sicher, dass Homosexualität angeboren sei und nicht durch Einfluss von außen entstehe. Aber selbst wenn das der Fall sein sollte, dann sei ganz sicher nicht er derjenige gewesen, der mich verführt habe.

Ich hatte Horowitz geschrieben, was mein Vater gesagt hatte: Er wolle auch aus dem Grund nicht, dass ich mit Horowitz in Hotels oder sonst wo in der Öffentlichkeit gesehen werde, weil sein Vorleben bekannt sei. Keine Ahnung, wo er das herhatte, möglicherweise von Wanda, vielleicht auch von meinem Psychiater, der Russisch sprach und Horowitz im direkten Gespräch unter Umständen manches entlockt hatte. Diese Bemerkung über sein Vorleben hatte Horowitz offenbar tief getroffen. *Ich denke nicht, dass ein Mensch von Kultur so etwas sagen darf und kann!*

Die Geschichte von Vladimir Horowitz, dem großen Pianisten, und Nico Kaufmann, seinem ersten Schüler, war beendet, so viel war mir klar. Daran würden auch ein paar Briefe oder ein weiteres kurzes heimliches Treffen in irgendeinem Hotelzimmer nichts mehr ändern. Volodja sagte zwar, es könnte für mich keinen *Ersatz* geben, nur *einen neuen Satz* – ist das nicht wunderbar formuliert von jemandem, der angeblich kein Deutsch konnte? –, aber der neue Satz werde sich finden. Schon weil er für die Tournee in die USA einen Sekretär brauche.

Ich war auf mich zurückgeworfen. Da war wenig, worauf ich stolz sein konnte. Abgebrochene Karrieren, kein eigenes Einkommen, ein gescheiterter Versuch, durch Hilfe von Horowitz erneut die Pianistenlaufbahn einzuschlagen. Ich hatte mittlerweile zwar Unterricht bei einem der Brüder Frey hier, beide Professoren mit gutem Ruf, aber was war ein guter Ruf in der Schweiz gegen den Weltruhm eines Horowitz! Was waren ordentliche Klavierspieler gegen einen, der einen Saal in

Aufruhr versetzte. Sie hatten keine Ahnung vom Wunder des Klangs, für das Volodja lebte und gestorben wäre.

Während der vielen freien Zeit trieb ich mich in der Stadt herum, auf dem Tonhallenplatz, wie der Sechseläutenplatz damals noch hieß, wo sich in Hotelfoyers, Cafés und Buchhandlungen die politischen Flüchtlinge aus Deutschland und Österreich trafen. Obwohl genau dort, auf dem Tonhallenplatz, die sogenannten Fröntler zu ihren Kundgebungen aufmarschierten, Anhänger der nazibegeisterten Frontenbewegung. Einige Flüchtlinge suchten auch Unterschlupf oder einen Mäzen im Café Odeon oder im Select, manche erbettelten sich eine Tasse Kaffee in der Buchhandlung Dr. Oprecht oder in der Librairie française. Wenn ich ihnen zuhörte, hatte ich das Gefühl, das für Volodja zu tun. Er war schwul, und er war Jude, wäre also einer von ihnen gewesen, wenn er weiter von Berlin oder von Hamburg aus Karriere gemacht hätte, dort, wo sie begann.

Weißt du, was heute für ein Tag ist?, schrie mich mein Großvater am 30. Januar 1939 an, als ich das Haus verlassen wollte. Du musst es wissen. Er rüttelte an meinem Jackett. Ich schwieg.

Heute genau vor sechs Jahren fing das Ende an, brüllte er. Da haben sie ihn zum Reichskanzler ernannt.

Als ich wieder nach Hause kam und die Treppe hinaufhuschen wollte, passte mein Großvater mich ab, sein Schwiegersohn scheiße sich ja nichts um die Politik, schob mich in sein Wohnzimmer und drückte mich neben sich auf einen Sessel am Radioapparat. Gleich, gleich, Direktübertragung aus dem Reichstag.

Einen Satz kann ich noch auswendig.

Ich will heute wieder ein Prophet sein: Wenn es dem internationalen Finanzjudentum gelingen sollte, die Völker noch einmal in einen Weltkrieg zu stürzen, dann wird das Ergebnis nicht die Bolschewisierung der Erde und damit der Sieg des Judentums sein, sondern die Vernichtung der jüdischen Rasse in Europa.

Zwei Tage später kam am Seefeldquai ein Brief an, den Horowitz an diesem 30. Januar 1939 aus Lyon an mich geschrieben hatte. Drei Mal musste ich ihn lesen und konnte es nach dem dritten Mal noch immer nicht glauben, was da stand. Wie immer kein Wort über die politische Situation. Aber plötzlich ging es um Wanda und nur um Wanda.

Meine Frau weiß alles über mich. Meine Frau gibt mir absolute Freiheit, aber sie erlaubt in keinem Fall eine Verbindung. Meine Frau weiß über uns beide schon ein Jahr Bescheid, aber sie wollte es nicht sagen. Meine Frau hat deshalb gelitten. Ich liebe meine Frau tief und ernst, und ich will nicht, dass meine Frau leidet. Meine Frau will dich auch mit deiner Familie nicht sehen. Ich kann meine Frau verstehen, dein Vater ist unangenehm und arrogant gewesen. Du stehst zwischen mir und meiner Frau.

Dann kam der Schlag ins Gesicht: Du bist berechnend und kannst nichts mehr von mir haben.

Das war seine Schrift, aber das war nicht er.

Irgendetwas stimmte nicht. Der Brief endete mit dem Bekenntnis: *Ich muss Dich sehen, aber es ist unmöglich. Ich fühle für Dich, was ich immer für Dich gefühlt habe. Ich bin traurig.*

Mir sei übel, Magendarmverstimmung, redete ich mich am Abend heraus. Ich schloss ab, legte mich aufs Bett, nackt, nur seine dunkelblaue Lanvin-Jacke am Leib, paffte Zigaretten von seiner Marke und trank den Wodka, den er mit Rachmaninow trank.

Erst in der Müdigkeit leuchtete ein Lösungswort auf: Amerika.

Wir werden alle Amerikaner, hatte Horowitz verkündet, der Maestro, seine Frau, meine Frau, meine Tochter und ich. In drei Monaten reisen wir nach Amerika, stehen sofort unter amerikanischem Protektorat, und in drei Jahren werden wir einen amerikanischen Pass bekommen. Dieser Kontinent gehörte, was die klassische Musik anging, derzeit bereits einem einzigen Mann: Arturo Toscanini. Kein anderer konnte ihm das Wasser reichen, was Ruhm und Macht und Prominenz anging.

Ohne Toscanini würde es hart werden, mit Toscanini als Feind eine Katastrophe. Volodjas Frau nannte sich Toscanini-Horowitz. Sie wollte beide Namen haben und musste beide haben, der eine stand für das Geerbte, der andere für den aktuellen Besitz, denn sonst hatte sie nichts. Ihr Vater hatte ihr die Musik geraubt, obwohl sie laut Wally das einzige der drei Kinder war, das sich begabt zeigte. Toscanini hatte ihr Klavierspiel als schändlich bezeichnet und ihr das öffentliche Singen untersagt.

Doch wie hatte sie ihren Mann besiegt? Ich habe sie nie geliebt, hatte er allen seinen Freunden gesagt.

Vier Tage später kam die Aufklärung per Post, verfasst am 5. Februar 1939 in Paris. Wieder ging es nur um Wanda. Meine Frau findet, dass du trotz deiner Begabung keinen Horowitz brauchst, ein Zürcher X oder Y wird dir genügen. Meine Frau ist ein hochanständiger Mensch mit moralischen Qualitäten. Meine Frau ist der Führer meines Lebens! Meine Frau versteht einige Seitensprünge, aber sie versteht wie jede Frau nicht, dass man ein Gefühl für einen Mann haben kann und darf. Für meine Frau ist es eine Krankheit, die man heilen soll. Meine Frau geht, wenn ich mit dir verkehre. Meine Frau hat furchtbar gelitten, sie ist fast nervenkrank geworden.

Und dann der entscheidende Satz: *Meine Frau wollte ohne mich nicht mehr leben.*

Wanda hatte mit Suizid gedroht.

Der Krieger kennt keine Skrupel, sagte mein Großvater.

Wanda hatte gesiegt, weil sie gekämpft hatte, mit allen Mitteln.

Ich war ein Feigling. Ich hatte zu Recht verloren.

Kaufmann sank auf dem Küchenstuhl entkräftet in sich zusammen.

Donati stand auf und küsste ihn.

XII

Die Herrentoilette in der Zweierstraße mitten im Kreis 4 kannten beide seit ihren Kindheiten. Der freistehende Jugendstilpavillon sah aus wie das Pförtnerhaus eines herrschaftlichen Anwesens, war aber bereits als Pissoir errichtet worden und galt als ein Wahrzeichen des Vieri, ohne dass je einer darüber nachgedacht hätte, warum das so war.

Donati hatte frühmorgens vorgeschlagen, von Kaufmanns Wohnung aus hierher zu spazieren, da gehe ihm die Geschichte leichter über die Lippen.

Gott hält seine Hand über dich, bekam ich von meiner Mutter zu hören, wenn bei mir wieder alles perfekt gelaufen war. Beste Matur, Stipendium zugesprochen, juristisches Examen mit Auszeichnung, vollfinanzierter Auslandsaufenthalt gebilligt. Ich schaute nicht rechts und nicht links. Ich führte ein mustergültiges Leben, aber ich lebte nicht, jedenfalls nicht wie ein Mann von dreiundzwanzig Jahren. Unter meinen Kommilitonen war ich der Einzige, der immer noch zu Hause wohnte und in demselben Bett schlief wie mit zwölf. Meine Eltern waren stolz und waren beunruhigt. Die Söhne der anderen, die sie sonntags zu Kaffee, Kuchen und alten Filmen in der Missione Cattolica bei der Don-Bosco-

Kirche hier im Kreis 4 trafen, waren verlobt, manche schon verheiratet. Ich hatte noch nicht einmal eine Freundin heimgebracht.

Genau da, rechts vom Pissoir, passierte es, spätabends. Es war einer aus dem Vieri, ich kannte ihn von früher, vom Bolzplatz, offenbar hatte er direkt nach mir die Herrentoilette verlassen. Er stieß mir mit der Faust ins Kreuz. Für was hast du eigentlich einen Unterleib? Du schaust sogar beim Wasserabschlagen nicht auf deinen Zebedäus, nur auf die Wand. Hast Schiss vor ihm, oder?

Am nächsten Morgen wurde ich wach, weil ich meine Mutter laut schluchzen hörte, das Schluchzen kam von draußen, aus dem Treppenhaus. Das Gesicht tränennass und hochrot, stand sie vor unserer Wohnungstür und schrubbte.

Jemand hatte Seiten aus einem Pornomagazin daraufgeklebt, bombenfest. Es war ein Schwulenporno. Sie schrubbte lang. Als die Tür, eine neue Tür, frühes Resopal, wieder weiß war wie ein Kommunionskleid, zog sie ihren Mantel an und ging in die Kirche, um Weihwasser zu holen. Von diesem Tag an sah meine Mutter mir nicht mehr in die Augen, selbst wenn sie mit mir redete. Nur von der Seite spürte ich ihren Blick oft, und egal wie schnell ich den Kopf zu ihr drehte, sie hatte bereits die Lider gesenkt.

Sie liebte mich mehr als ihre eigene Existenz, vermutlich mehr als meinen Vater. Ihm hat sie von ihrem Verdacht nie etwas verraten. Ich weiß nicht, ob er mich verdroschen oder sich selbst etwas angetan hätte. Im Bauch meiner Mutter wuchs ein Myom, eine riesenhafte Geschwulst, sie sah mit zweiundfünfzig wieder schwanger aus und kam mit verheulten Augen vom Beichten zurück. Ich fühlte mich schuldig. Verstehen Sie das?

Kaufmann setzte sich schweigend in Bewegung und erzählte, als hätte er die Frage nicht gehört.

Seit ich beim Psychiater war, tauchte in so gut wie jedem Brief von Volodja mindestens einmal das Wort *normal* auf. Wenn du normal wirst, falls du normal bist, da dein Vater sagt, du wärest eigentlich normal, unter ärztlicher Kontrolle kannst du ganz normal leben, vielleicht wirst du dein Gleichgewicht finden und ganz normal denken. Er fand, ich hätte den Psychiater nötig, er hingegen brauche keinen Psychiater. Gottseidank, erklärte er, bin ich ganz normal, in jeder Hinsicht. Völlig normal. Außerdem könne er ohnehin nichts ändern, schon weil er dafür zu alt sei.

Wenn Volodja eines bestimmt nie war, dann normal. Milstein erinnerte sich genau daran, wie Volodja, noch keine zwanzig, am helllichten Tag in monströsem Pelz mit Make-up, langen Locken, schwarz gefärbten Brauen und Lippenstift durch Moskau und Leningrad stolziert war, dass er Monokel und zu viele Ringe trug, nachts die Klavierauszüge von Wagners Ring unters Kopfkissen legte und in Odessa bei Sonnenaufgang aus Matrosenbars geholt werden musste. Exzentrisch: An das Etikett war er gewöhnt, es gefiel ihm sogar. Dass er selbst sich auf einmal für normal erklärte, fand ich zuerst nur absurd, menschlich sowieso, aber auch musikalisch. Horowitz brachte in jedem Werk gerade die Schönheit zum Klingen, die in der Abweichung von der Norm lag. Dann fing etwas in mir zu ticken an und tickte zunehmend laut und bedrohlich: die Frage, was ihn auf diese bizarre Selbstdiagnose brachte. Sie roch nach Angstschweiß. War es die Angst vor seiner Frau? Wanda strafte ihn ab, wenn er grimassierte und herumalberte. War es die Angst vor Toscanini? Sein Schwiegervater hatte ihm ausgetrieben, irgendetwas anderes zu spielen als das, was in den Noten stand, er hasste alles Effeminierte und lästerte über Volodjas verrückte Fliegen. Jeder von uns hat etwas Feminines, schrieb Horowitz mir nun, jeder, auch du, auch du! Wütend verteidigte er sich gegen einen Verdacht, den ich nie ausgesprochen hatte: Nur wegen der Rollenverteilung unserer Brahmsspiele sei er der Feminine und ich der Maskuline. Oder hatte er Angst, in seiner neuen Heimat New York als nicht normal aufzufallen? In Clubs und Szenelokalen, im Publikum der Theater und Opernhäuser ließ man die Gays der Oberschicht gewähren; aus prominenten Ämtern, gerade im Kulturbetrieb, wurden sie geschasst, das war zu unsereinem sogar in die Schweiz vorgedrungen. Oder hatte Horowitz Angst vor einer öffentlichen Bloßstellung? Es gab genügend wohlbestallte Homosexuellenhasser in der Schweiz, Mediziner, Politiker, Publizisten, die Fröntler vorneweg. Mein Psychiater und mein Vater waren an die ärztliche Schweigepflicht gebunden, nicht aber irgendwelche Etagenkellner, Zimmermädchen oder Hoteliers.

Kaufmann und Donati bogen im Gleichschritt, als hätten sie es verabredet, in die Bäckerstraße ein, beide in Gedanken. Normal. Kaufmann hatte das Wort damals so oft vor sich hin gesagt, bis es völlig leer war. Ein Wort zum Wegwerfen. Ruckartig hielt er inne vor einem Eckhaus, unten gefliest, zwei Eisenringe für Hunde neben dem Eingang, als hätte dort mal ein Metzger verkauft. Er legte den Kopf in den Nacken. Zweiter Stock rechts, drei Zimmer, antike Möbel, gute Bilder. Eine Freundin von mir wohnte dort, lesbisch und kommunistisch. Sie hatte Volodja und mir tagsüber zwei Mal Unterschlupf gewährt, ihm reichte es nach diesen beiden Versuchen, das war ihm zu sehr Halbwelt, schon die Gegend. Er hatte den Verdacht, es handle sich um eine Absteige für zahlende Gäste. Klebt alles, behauptete er, wo man hinfasst, ist es klebrig.

Kaufmanns Blick sank ins Parterre. Unter dem Schädel eines Zwölfenders lagen auf jägergrünem Kunstsamt Schusswaffen jedes Kalibers, dazwischen messingglänzende Projektile, Flaschen mit Waffenöl und Blechkanister mit Schießpulver, auf denen groß zu lesen war, was auf den Waffen nur klein stand: NORMA. Kaufmann grunzte. Norma, ausgerechnet. Schwedischer Hersteller, wurde damals schon hier verkauft. Töten ist eben die Norm.

Darf ich Ihnen zeigen, was für mich normal war?, fragte Donati.

Die Don-Bosco-Kapelle in der Feldstraße hatte Kaufmann noch nie betreten, obwohl er bis auf die Jahre am Seefeldquai immer in der Nähe gewohnt hatte. Für ihn sah sie von außen nach Bahnhof aus, und Kirchenbauten ab den fünfziger Jahren hatten mit Kirchen nichts mehr zu tun. Die Tür war nicht verschlossen. Auch von innen hatte die Kapelle etwas von einem Bahnhof. An den Wänden wurde in großen Gemälden das Leben des Heiligen verherrlicht. Donati zeigte auf einen vielleicht Achtjährigen in gebügeltem Oberhemd und Jackett, der für jede Zwiebackreklame der Wirtschaftswunderzeit getaugt hätte. Der Knabe saß, ein aufgeschlagenes Buch in der Hand, auf einem Deckelkorb, vor ihm hockten und knieten Gleichaltrige, ebenfalls in gebügelten Oberhemden und Jacketts, die ihn anstaunten, hinter ihm erhob sich ein Heuhaufen. Um seinen Kopf erstrahlte ein Heiligenschein.

So hat meine Mutter mich gesehen, sagte er.

Kaufmann flüsterte: Das teilen wir drei.

… bis die Sache mit dem Pornomagazin passiert ist.

Wieder im Freien verharrte Kaufmann und blickte misstrauisch in die regenschweren Wolken. Apropos normal: Onkel Hans, der schwule Onkel, war ein Bruder meiner Mutter. Ihr Vater und mein Vater hatten ihn geächtet, sie hatte nie ein Wort über ihn verloren. Ich überraschte sie am Frisiertisch, wir sahen uns nur im Spiegel. Graust es dir, wenn du dir mich und Horowitz als Liebespaar vorstellst?, habe ich sie gefragt. Sie steckte eine Nadel in die Frisur und noch eine und noch eine. Nur wenn ich dran denke, dass ihr euch küsst und Liebesbriefe schreibt wie Mann und Frau, nur dann. Die Gefühle, also, ich meine, ihr könnt doch nicht …

Donati seufzte. Also Ihr Heiligenschein war auch weg?

Allerdings, und wissen Sie, sagte Kaufmann, daran merkt man, dass wir katholische Mütter haben. Ich hatte Milstein gefragt, warum Volodjas Mutter nichts dagegen unternahm, dass ihr Sohn regelmäßig das Porzellan zerschlug und Make-up aufs Gesicht schmierte. Sie war eine jiddische Mamme, sagte er, und wie jede fand sie an der Geschichte von Maria und Jesus nur eines vernünftig: dass Maria als jiddische Mamme ihren Sohn für Gott hielt.

Was war mit seinen Schuldgefühlen?, fragte Donati. Ich rede von Horowitz. Als Jurist habe ich einmal die Mischna nach strafrechtlichen Gesichtspunkten durchgeackert. Dort steht, jeder Mann, der es mit Männern treibt, sollte gesteinigt werden.

Horowitz hatte seit seiner Kindheit keine Synagoge von innen gesehen, er fühlte sich nicht als Jude, bis er von der Judenvernichtung erfuhr. Ging vielen so.

Weiter, sagte Donati.

Wie – weiter?

Mit den Briefen.

Es war an diesem grauen Morgen wie in der ersten Nacht. Donati hatte sich so gesetzt, dass sein Blick auf den Steinway fiel und auf das Foto von Horowitz im Silberrahmen. Kaufmann hockte am Couchtisch und hatte mehrere Briefstapel darauf gepflanzt.

Nichts mehr mit freudigem Herzklopfen. Früher hatte ich mich, wenn ich seine Handschrift auf dem Umschlag sah, in mein Zimmer zurückgezogen, um mit meinen Fantasien und ihren Auswirkungen allein zu sein. Jetzt krampfte ich innerlich, bevor ich das Kuvert aufschlitzte. Er setzte mich Wechselbädern aus, extrem, kaum auszuhalten. Mal war sein Ton heiß erregt, dann wieder eiskalt und aggressiv. Hier, bitte, das schrieb der Mann, der mich angeblich liebte: *Du bist zu intelligent und begabt, um dumm zu leben, und zu dumm, um richtig intelligent zu leben.*

Offenbar war er viel allein und kreiste in seiner Einsamkeit um dieses ominöse Normalsein. Er hatte mit meinem Psychiater und mit meinem Vater auch darüber geredet, mit mir eine Beziehung ohne jeden Sex zu führen. Für Horowitz undenkbar, aber das hatte er ihnen gegenüber natürlich verschwiegen. Brahmsspielen, das war für Horowitz mehr als ein Codewort. Für mich ist das ein Teil vom ganzen Stück, schrieb er, und ohne diesen Teil hat das Ganze keine Bedeutung. Bei einer Sonate muss man alle Sätze spielen oder gar nichts.

Mir warf er vor, von drei völlig unterschiedlichen Sonaten nur je einen Satz zu spielen. Das sei ein Vergehen. Ein Verrat an der Liebe.

Ich hatte ihm geschrieben: Die Liebe ist die stärkste Macht, sie kennt keine Fesseln. Bitterböse antwortete er, ich hätte einen Dreck getan, um das zu beweisen. Wenn meine Liebe keine Fesseln kennen würde, dann wäre ich, anstatt lange Briefe zu verzapfen, zu ihm nach Paris gefahren, und sei es nur für ein paar Stunden. Geld sei keine Fessel, nur eine Ausrede. Er würde jederzeit das Fehlende zuschießen. Allerdings nicht für eine Kokotte, er meinte Hure. Zum zweiten Mal warf er mir das Schlimmste vor: Bei dir ist doch alles reine Berechnung.

Ich kam nicht los von der Frage, was oder wer ihn darauf gebracht hatte. War es das Übermaß an Bewunderung und Erfolg? Die Schwerreichen können sich auch kaum vorstellen, dass jemand sie nur um ihrer selbst willen liebt.

Kurz danach bettelte er wieder um Post, dringend, ganz dringend. Wie leicht war es mir bis dahin gefallen, ihn zu bedienen mit allem, was er wünschte, pikant, deftig, süffig. Ich konnte nicht mehr. Liebster Volodja, gestern war ich … Lieber Volodja, gestern habe ich … weiter kam ich nicht. Volodja setzte die Daumenschraube an. Anfang März 1939 drohte er aus London mit einem Exekutionskommando von Ausrufezeichen, wenn ich ihm bis zum soundsovielten März nicht schriebe, dann würde ich mein ganzes Leben keinen Muckser mehr von ihm hören! Hundertprozentig! Es folgten genaue Angaben, wann, wie und wo er wandafrei auf mich warte.

Ein paar Tage nachdem dieser Drohbrief eingegangen war, wurde es wirklich bedrohlich. Am 15. März 1939 marschierten die Truppen der deutschen Wehrmacht in die Tschechoslowakei ein und besetzten Prag. Mein Großvater schrie und stampfte, mein Vater schüttelte den Kopf und komponierte ein neues Soldatenlied. In den Schaufenstern der Elektroläden lagen die blauen Notlampen für Bad, Treppenhaus und Korridor. Unsere Regierenden hatten schon im Juni 1937 eine Generalprobe zur Verdunkelung abhalten lassen. Jetzt dachten sie zum ersten Mal über Mobilmachung nach.

Horowitz berichtete ausschließlich von seinen Triumphen und seinem Plan, sich nach dem letzten Konzert ab 1. April in Cannes zu erholen, und zwar mit mir. War ihm gar nicht aufgefallen, wie er mich gekränkt hatte? Wenn mein Vater und mein Psychiater es nicht wollten, weil sie meine Genesung erwarteten – Genesung setzte er in Anführungszeichen –, dann könnte er gut später über Luzern nach Zürich reisen, leider nur für zwei Tage. Für den Sommer hatte er bereits ein Haus in Gstaad gemietet. Wie immer forderte er meine Nachricht per Express ein.

Am 31. März 1939 erklärte der britische Premierminister Chamberlain, dass das Vereinigte Königreich und Frankreich die Souveränität Polens garantierten. Die französischen Zeitungen schrieben über Panikstimmung in Paris. Die Kriegsbereitschaft sei erwacht, und allen sei bewusst, was das bedeute.

Drei Tage später vermeldete Horowitz, davon offenbar unberührt, den Sensationserfolg seines Konzerts in Paris und verkündete eine völlig neue Theorie. Ich sei von der Idee besessen, er, Horowitz, spiele die Hauptrolle in meinem Leben. Schuld daran seien meine grenzenlose Bewunderung für ihn und meine starke homosexuelle Veranlagung. Ich hielte diese fixe Idee für Liebe, in Wirklichkeit sei das eine psychisch anomale Verbindung, er schrieb wirklich anomal, und deswegen sei ich zu behandeln. Sein Fazit in einem Satz: *Du musst alles machen, was der Psychiater verlangt.* Seine Begründung: *Der Arzt ist Dein Führer!* Das hörte sich für mich makaber an. Erst recht, wo weltweit berichtet wurde, welche größenwahnsinnigen Feiern für den Führer zu seinem Fünfzigsten am 20. April vorbereitet wurden. Die Schweizer Sympathisanten, Fröntler oder Nazis in Uniform, verkauften auf den Straßen voradressierte Glückwunschkarten an den Führer.

Am 6. April rief Horowitz bei uns zu Hause an. Er

klang nervös, begehrlich, mühsam beherrscht. Jetzt gleich, Anfang April, wollte er nach Zürich kommen.

Wir telefonierten eine halbe Stunde lang.

Donati sprach Richtung Flügel, als befürchtete er, der Blickkontakt mit dem Erzähler könnte seine Unbestechlichkeit beeinträchtigen.

Und das störte Ihren Vater nicht?

Kaufmann schichtete die Briefe um, schnürte einige wieder zu Bündeln und kramte. Das dünne Luftpostpapier raschelte.

Vorher haben Sie vom Schuldigfühlen geredet. Mein Vater war damals krank, ernsthaft krank seit zwei Monaten, ein Nierenleiden. Befielen ihn Koliken, weinte er leise wimmernd. Schwach und wund kannte ich ihn nicht. Ich hatte mich ihm nie so nah gefühlt. Gleichzeitig waren sie wieder da, ich dachte, ich sei sie losgeworden: Das Folterpersonal der Hölle war zusammen mit den Priestern wieder eingezogen in meine Träume, bewaffnet mit ihrem *Wenn du, dann*. Wenn du nach Paris zu Volodja reist, dann wird dein Vater sterben und du wirst verdammt sein in alle Ewigkeit, raunten sie.

Am 8. April öffnete ich den nächsten Brief aus Paris. Da ist er.

Leider muss ich wegen der schrecklichen europäischen Lage abwarten, bis ich nach Zürich fahre, denn wenn der Krieg kommt, darf ich nicht in der Schweiz sein, sondern muss hierbleiben, da ich schon meine ersten amerikanischen Papiere habe und dann sofort nach Amerika fahren soll. Und zweitens, im Fall eines Krieges dürfen die in NY nicht wissen, dass ich überhaupt nach Zürich gefahren bin.

Meinem Vater hatte Horowitz seinen geplanten Zürichbesuch angekündigt, unter dem Vorwand, mit meinem Psychiater zu reden. Mir erklärte er, das sei das Allerletzte, worauf er Lust habe.

Am 10. April händigte mir der Bote ein Telegramm aus: *bedaure muss in paris bleiben.*

Am 11. April zwinkerte der Bote, als er mir das nächste Telegramm überreichte. Die Pariserinnen, die haben was, oder? Ich las bereits:

werde mitternachts ankommen schweizerhof basel morgen nachmittag Zürich.

Instruiert war ich. Für vier Tage sollte ich ein Zimmer im Baur au Lac buchen und dem Direktor persönlich mitteilen, dass Horowitz in Ruhe gelassen werden wollte und sich verbat, mit seinem Aufenthalt Reklame zu machen.

Der 12. April 1939 war ein Mittwoch, dieser Niemandslandtag ohne einen richtigen Namen. Mittwochs fühlte ich mich immer verloren. Viel zu früh fing ich an, auf Volodja zu warten in der Bar des Baur au Lac, verschanzt hinter einer Pariser Zeitung. Ich weiß nicht, wie oft ich meine Handflächen und meinen Nasenrücken abgetrocknet habe mit einer dieser kleinen Stoffservietten, die zu Gebäck und Drink gereicht wurden. Die Serviette war feucht, und er war noch immer nicht da. Ein halbes Jahr war vergangen seit unserer letzten Begegnung in Luzern. Ich starrte in die Zeitung, aber vor mir sah ich das übliche Kingsize-Bett eines Luxushotels, darauf unsere beiden nackten Körper, die so gut zusammenpassten, wie er immer wieder betonte.

Unsere Körper ähnelten unseren Händen, seiner blass, langgliedrig und dünnhäutig, meiner kräftig, meist gebräunt, stabil. Unter dem Kingsize-Bett sah ich Glasscherben, von ihm ausgestreut, der ganze Boden war damit bedeckt. Berechnung, Kälte, Prominentengeilheit, Falschheit, seine scharfen Vorwürfe hatten mich verletzt, und die Schnitte waren keineswegs verheilt. Mehrmals hatte Volodja es herausgestrichen: Nur deinetwegen bringe ich die 1500 Kilometer von Paris bis Zürich hinter mich, Zeit, Kosten, Aufwand, Risiko, alles nur für dich. Da kann ich erwarten, dass du in der richtigen Stimmung bist.

Ich hatte große Worte gespuckt von der Liebe, die keine Fesseln kennt. Nun saß ich dort, wartete, tastete meine Gefühle ab. Ich stellte fest, dass ich mich fürchtete. Nicht vor ihm, ich fürchtete mich vor unserer ersten Berührung und dem, was dabei passieren würde, nein, davor, dass dabei nichts passieren würde in mir drin. Was, wenn die Liebe sich einfach davongestohlen hatte und ich ihn umarmen müsste, als prickelte es? Ich konnte so etwas, ich konnte es gut, wenn ich mein Vergnügen wollte und der Preis dafür war, auf verliebt zu machen. Vielleicht wurde dadurch alles noch schlimmer. Oder konnte ich das nur bei anderen?

Der Direktor tat, als sähe er mich nicht, und machte sich hinten an der Bar zu schaffen. Nur wenige Gäste saßen um diese Uhrzeit an den kleinen Tischen, die meisten lesend, kaum jemand unterhielt sich. Es war zu hören, dass der Direktor etwas aufklappte, dann ein kurzes Rauschen und Knistern.

Wer ein Stück jemals gründlich geübt und sich damit herumgequält hat oder gequält wurde, erkennt es ein Leben lang wieder. Chopins cis-Moll-Etüde Opus 10, Nummer 4 glitzerte im Dämmerlicht der Bar. Meine Zeitung sank auf den Schoß und glitt auf den Teppich. Es war nicht das Stück, es war Horowitz, der mich traf. Ich setzte mich in einen anderen Sessel, um näher am Plattenspieler zu sein.

London März sechsunddreißig, tuschelte der Direktor mir zu.

Es folgten weitere Etüden, danach ein Impromptu. Das Knistern wurde kurz kaminfeuerlaut. Plötzlich spielte nur eine Hand. Es war der erste Takt der e-Moll-Nocturne, Linke allein, ich kannte jede Note. Jetzt stand dieser Takt fremd und fordernd als Frage im Raum. Eine fundamentale Frage. Und dann kam wie ein schmerzlicher Vorwurf …

Kaufmann verstummte.

Was kam?, fragte Donati, ohne sich umzudrehen.

Lassen wir das. Musik zu beschreiben ist Schwachsinn. Sie fängt da an, wo die Worte versagen. Wie sollte sie dann nachträglich in Worte verwandelt werden? Besser, man hört sie im Kopf.

Bedaure. Donatis Stimme war belegt. Ich habe diese Musik wie die meiste klassische Musik nicht im Kopf.

Kaufmann stemmte sich mühsam hoch, schlurfte zum Sideboard. Es knackste. Nur eine Hand begann, die Melodie zu spielen.

Als das pianissimo sich verhauchte, hielten beide Männer die Luft an. Dann knackste es, der Plattenarm rastete klickend wieder in die Halterung ein, fast gleichzeitig atmeten beide hörbar ein.

In dieser Sekunde, sagte Kaufmann, betrat Horowitz die Bar.

Bis zum Freitag befanden sich Volodja und ich in einem Zustand – er raschelte, steckte Briefe zurück in die Umschläge, zog andere heraus, seufzte leise.

In jenem Zustand, sagte er schließlich, der es erklärt, dass einem apokryphen Mythos zufolge Jupiter angeblich befohlen hatte, Amor zu ermorden, weil der mit einem Pfeilschuss zwei Menschen dazu brachte, sich für nichts mehr auf der Welt zu interessieren als für einander. Das Leid, die Not, die Fragen der Übrigen, selbst der Nächsten, wurden denen, die verschossen waren, völlig gleichgültig. Eine Gefahr für das soziale Miteinander, die Jupiter als oberster Verantwortlicher auszuschalten beschloss.

Okay, sagte Donati, okay, als gäbe er sich mit diesem Vergleich zufrieden, doch seinem Inneren entwichen Geräusche wie bei Kohldampf.

Kaufmann ging in die Küche und kehrte mit einer Pralinenschachtel zurück.

Göringschokolade, sagte er, als Donati einen weißen Trüffel herausfingerte, er nahm sich einen schwarzen. Haben Sie mal Boccaccios *Il Decamerone* gelesen?, fragte er.

Ich weiß nur, dass er im vierzehnten Jahrhundert verfasst wurde und als antiklerikal, erotisch und teilweise pornographisch gilt.

Der *Decamerone* ist eine Novellensammlung, er markiert den Beginn der modernen italienischen Prosa. Die Rahmenhandlung erklärt, dass sich auf einem Landgut in der Toskana zehn Menschen treffen, die einander an zehn Tagen diese Novellen erzählen. Sie sind alle aus Florenz geflohen vor dem Schwarzen Tod, vor der Pest. Ich sehe nicht Ihr Gesicht. Aber jetzt gähnen Sie vermutlich, beim Lesen gähnen Sie nicht. Entscheidend ist für mich die Erkenntnis Boccaccios, dass Lust und Liebe, sogar wenn man sich bloß zuhörend hineinsteigert, die Todesangst aufheben können, und sei es nur für eine halbe Stunde. Es wurde seit Boccaccio viel zu wenig geschrieben über Liebe in Zeiten der Gefahr, der Seuche, des Krieges, sogar im Angesicht des eigenen Endes. Dass der Krieg kommen würde, war mittlerweile auch Horowitz klar. Wir liebten uns, als wäre es das letzte Mal. Vielleicht war es auch das, was uns an diesen Tagen …

Kaufmann räusperte sich, aß einen Trüffel … an diesen Tagen entrückte.

Aber eben nur für Augenblicke, sagte Donati. Ich meine, die Liebe hilft nicht auf Dauer gegen die Schwerkraft des Unglücks.

Nichts hilft auf Dauer. Kaufmann klang beschwingt. Es kann kein andauerndes Glück geben, und die Schwerkraft des Unglücks ist eine Erfindung von Menschen, die den Tod fürchten.

Da irren Sie, sagte Donati. Es ist die Entdeckung von Menschen, die den Tod daher suchen und dem Leben früher, als es die Natur erlaubt, entkommen wollen.

Kaufmann schwieg. Schade, flüsterte er. Ich dachte, ich hätte …

Die Pause weitete sich, keiner der beiden füllte sie.

Sie haben keine Angst vor dieser Leere?, brach Donati schließlich das Schweigen.

Die Pause ist nicht leer, sie ist für die Musik so wichtig wie die klingenden Noten. Horowitz genoss die Pausen. Da erlebe ich Resonanz, sagte er. Applaus kann jeder haben, hat er mir erklärt. Aber die Stille vor dem Spiel und während des Spiels, das ist das Größte.

Noch einmal pausierte Kaufmann.

Gut, machen wir trotzdem weiter.

Am Freitag, unserem vorletzten Tag, wollte Volodja wissen, ob ich bereit wäre, die Schweiz zu verlassen.

Für immer?

Für lange. Ich stotterte: Es … es ist meine Heimat. Hei-mat?

Er lachte. Seit ich die Sowjetunion verlassen habe, hatte ich kein einziges Mal eine eigene Wohnung, und in Europa wird es damit nichts mehr. Fast ein Drittel meines Lebens verbringe ich nun schon in Hotelzimmern.

Heimat sind … auch Menschen, Familie, Freunde, sagte ich.

Ich dachte, du hättest in Tribschen meine neue Familie kennengelernt, sagte er ohne Ton.

Als Horowitz am Freitagnachmittag aus dem Badezimmer kam und sich zum ersten Mal seit seiner Ankunft formell kleidete, dunkelblauer Anzug, weißes Hemd, Krawatte, erklärte er nur: Erledigungen.

Am Samstag erwartete er mich wie an den Tagen zuvor in seinem Zimmer. Angezogen lag er auf dem Bett und rauchte. Durchs halb geöffnete Fenster wehte es lau herein, aber irgendein Temperatursturz hatte seine Miene vereisen lassen, vielleicht ausgelöst durch einen Anruf von Wanda. Sein Blick griff mein Gesicht ab wie ein völlig unbekanntes. Er wünschte, dass ich mich ausziehe, doch wie er mir dabei zusah, hatte nichts Begehrliches. Seine Lider waren zusammengekniffen, seine Lippen öffneten sich nur einen Spaltbreit, um den Rauch zu entlassen. Ich wusste nicht, ob er meine Bewegungen beobachtete oder meinen Körper prüfte oder über etwas nachdachte, was mit meinem Körper zu tun hatte.

Was ist?, fragte ich. Und als er schweigend weiterrauchte, noch einmal: Was ist?

Deine Stimme ist angenehm, kam es von ihm, zu angenehm, oder kann man sagen, gefährlich angenehm?

Ich verstand ihn nicht, ich dachte: Die Liebe wird es lösen. Aber gelöst war nichts, wir stießen uns aneinander. Unsere Körper passten auf einmal nicht mehr zusammen.

Ausgerechnet am 20. April, dem fünfzigsten Geburtstag des Führers, erreichte mich sein Expressbrief aus Monte Carlo.

Der Psychiater … erlaubt Dir kein sexuelles Verhältnis mit mir.

Also doch. Er hatte meinen Psychiater am Freitagnachmittag in seiner Praxis im Bellevuehaus aufgesucht, obwohl er es vorher abgelehnt hatte. Volodjas Schrift war fahrig wie noch nie. Was er mir da verriet, konnte ich erst beim dritten Versuch entziffern. Der Arzt, der sich als meiner bezeichnete und von meinem Vater bezahlt wurde, verbot Horowitz Sex mit mir nicht etwa, weil mir das nicht guttat, sondern weil es ihm schadete. Weil ich Horowitz damit abhängig machte und benutzte. Ich hätte es heraus, ihn auf diese Weise an mich zu binden, aber meine Leidenschaft sei nur gespielt. Mit Liebe habe das gar nichts zu tun, deshalb sei ich immer auch mit anderen zugange. Mit Frauen treibe ich es nur deshalb nicht mehr, weil ich geizig sei und mir das übliche Brimborium mit Blumen, Einladungen, Parfums sparen wollte. Das, so Horowitz, hatte ich selbst angeblich meinem Psychiater erzählt!

Was er schrieb, war wie die Schrift – fahrig. Er idealisiere mich immer, noch immer, schrieb er, aber ich hätte seine Liebe und seine Ideale mit meiner Falschheit in den Schmutz getreten und … Halt, nun brauche ich das Original.

Kaufmann suchte. Verstehen Sie, wenn ich es nicht vorlese, bringe ich das gar nicht über die Lippen, nicht einmal nach fast einem halben Jahrhundert. Da ist es schon:

Einen solchen Menschen kann ich hassen, hassen und hassen!!! – drei Ausrufezeichen – *Aber in solch einem Moment schreibe ich doch, weil ich denke, es könnte ein ärztliches Manöver sein. … einer von Euch beiden ist kriminell mir gegenüber! Ich bin sehr aufgeregt … Und jetzt bin es ich, der verrückt wird, und das ist dann das Ende 100-%ig … Noch Dein Volodja.*

In was für einen Zustand mich das versetzte, können Sie sich denken. Perfekt geeignet, um besinnungslos zu antworten. Zur Abkühlung war keine Zeit. Für den 29. April hatte Volodja bereits die Überfahrt auf der Normandie nach New York gebucht, am 26. April musste er Paris verlassen. Dass sich *irgendwer* erlaubt, mir einen solchen Brief zu schreiben, ist empörend, wütete ich. Horowitz und irgendwer! Das konnte nicht gut gehen.

Volodjas Antwort war datiert auf den 23. April 1939. Er musste sie sofort nach Erhalt meiner Post verfasst haben. Mir schwante Ungutes, denn sie begann mit: *Lieber Herr Nico.* Und wirklich: Er setzte noch eins drauf. Meine Zeilen lieferten den Beweis dafür, dass ich ein Nichts sei, viel zu nichtig, als dass sich ein Horowitz darüber aufregen dürfte. Mit jenem Brief, in dem er die Karten auf den Tisch legte, habe er als der Ältere und der Anständige nur einfach seine Pflicht mir gegenüber erfüllt. Dann ging er auf den Psychiater los. Der ganze Berufsstand sei dafür bekannt, einen gesunden Kopf krank zu machen.

Ein gemeinsamer Feind verbindet stärker als alles andere, behauptete mein Großvater. Wollte sich Volodja mit mir auf die Art wieder solidarisch zeigen?

Hinter diesem Blatt steckte ein zweites, ebenfalls datiert auf den 23. April 1939. Darauf ging es nur ums Pianistische.

Falls ich doch etwas Wichtiges am Klavier zum Ausdruck bringen könnte und sein Einfluss zu hören sei, finde er das, trotz seiner Bescheidenheit, ganz natürlich. Darunter gab er mir Empfehlungen für ein Konzertprogramm. Es schien mir symbolisch zu sein, aber damals wäre mir wohl alles symbolisch erschienen.

Beethovens Les-Adieux-Sonate war dabei. Außerdem standen dort die Händel-Variationen von Brahms und Diverses von Chopin. Abschiednehmen, aber weiter Brahmsspielen und Chopinspielen und seinen Einfluss im Kopf und in den Fingern haben.

Dahinter steckte, kleiner gefaltet, ein drittes Blatt, wieder datiert auf den 23. April. Das muss ich Ihnen vorlesen.

Mein lieber Nico, ich weiß, dass ich Dir nicht schreiben darf, was ich Dir jetzt schreiben werde, weil Du sofort Deine »Macht« spürst und sofort denkst: »Habe ich den schon wieder!« ... aber ich bin immer ehrlich und schreibe, was ich fühle! ... Ich wollte Dir sagen, dass meine drei Tage in Zürich mich erneut dazu gebracht haben, Dich zu lieben.

Ganz einerlei, geistig oder physisch – ich liebe alles, was von Dir kommt und Dir gehört! Du musst nicht denken, dass Du besonders schön bist oder besonders intelligent ... Aber zusammengenommen passt alles und bekommt eine eigentümliche Nuance, welche ich Liebe nennen darf! Aber ich bin müde, Dich so selten zu sehen! Du schreibst, dass Du immer bei mir bist, sogar wenn ich weit weg bin ..., aber jetzt ist das für mich schwer. Ich bin 34 Jahre alt ...

Kaufmann räusperte sich. Er wurde in dem Jahr sechsunddreißig.

... das beste Alter, um noch viel zu erleben. Außerdem habe ich ein solches Temperament, dass, wenn ich allein

bin wie jetzt und an Dich denke und Dich vor mir sehe, dass ich dann gezwungen bin, irgendwie und irgendwo Befriedigung zu bekommen … aber … was kann ich machen. Du bist immer weit weg!

Ich würde weit weg bleiben auf unabsehbare Zeit. Mit dem geplanten Sommerurlaub in Gstaad sah es schlecht aus. Wanda hatte beschlossen, während dieser Zeit mit Horowitz in den USA zu bleiben.

Neben gepackten Koffern schrieb Volodja mir noch einmal. *Nacht vom 25. auf den 26. April* stand obenan, und der Brief begann, wie noch kein Brief begonnen hatte: *Lieber Nikischin!* Seinen schlimmen Brief sollte ich bitte zerreißen. Das hatte er zehnfach unterstrichen. Er entschuldigte sich für seine Ausfälligkeit, aber wenn einer derart emotional geladen zu seinem Geliebten reise und dann von einem Dritten erfahre, der Geliebte sei verlogen bis auf die Knochen, dann dürfe er verrückt werden!

Jetzt kommen wir zu Ihrem Lieblingsthema, sagte Kaufmann. Schuld und Sühne. *Ich weine schon zwei Tage, da ich Gewissensbisse habe,* schrieb Volodja weiter. Er hatte sich Befriedigung verschafft und auch noch mithilfe des ältesten Familienfreunds der Toscaninis, und nun biss ihn sein Gewissen: *Ich fühle mich moralisch als ein Verbrecher gegenüber meinem tiefen und ernsten wirklichen Gefühl für Dich! Und unser wirkliches Glück wird kommen, wenn Du auch jedes Mal bei Deinen Seitensprüngen dasselbe fühlen wirst wie ich.*

Der Brief ist viel länger, ich mute Ihnen nicht alles zu. Horowitz verknüpfte darin die Frage eines moralischen

Lebenswandels mit dem Künstlertum – er war gerührt, dass ich meinen kranken Vater pflegte und erkannte darin Besserungschancen für meinen verdorbenen, aber von der Anlage her guten Charakter. Er behauptete: Nur ein guter Mensch kann große, schöne Kunst hervorbringen und umgekehrt.

Als ich den Brief zur Seite legte, war mir schwindlig und kotzübel. Was brachte ihn auf die Idee, das Gute und das Schöne müssten identisch sein, ihn ausgerechnet? Über die Ausstellung *Entartete Kunst* in München hatten im letzten Jahr auch unsere Zeitungen berichtet, und einige hatten Beispiele von gearteter Kunst gezeigt, Hitlers geliebten Schamhaar-Ziegler und alle möglichen Blut-und-Boden-Pinsler. Diese Machwerke beanspruchten genau das für sich: schön und moralisch gut zu sein, wie ihre Macher. Auf meinem Schreibtisch lagen damals die Gedichte von François Villon, bei denen sich Brecht für die Dreigroschenoper bedient hatte. Atemberaubende Feuerwerke von einem Schwerkriminellen. Goethes *Cellini* hatten wir in der Schule gelesen, ich wusste, dass der Bildhauer von Helden und Heiligen mehrere Morde auf dem Gewissen hatte. Die Madrigale von Gesualdo da Venosa standen in meinem Notenregal, diese Versenkungen ins Innerste. Der Komponist ein Doppelmörder. Einen halben Meter daneben die Debussy-Vertonungen von Gedichten Verlaines, der seinen ehemaligen Geliebten Rimbaud niedergeschossen hatte. Dass einer meiner Lieblingsmaler, Caravaggio, genauso zu den Totschlägern gehörte, war mir bekannt und … lassen wir's. Verbrecherisch und gewissenslos zu sein, ist keine Basis für

Kunst, aber Kunst kann eben auch mal von Verbrecherischen und Gewissenslosen kommen. Das Thema bleibt aktuell.

Kaufmann trat ans Bücherregal, stieg auf die Trittleiter, holte oben links einen Band heraus, schlug ihn auf: *Philosophie für Nicht-Philosophen*, habe ich erst vor ein paar Jahren gelesen, als der Verfasser, Louis Althusser, überall durch die Presse gezerrt wurde, weil er seine Frau erwürgt hatte. Auf dem Vorsatzblatt habe ich mir einen Satz von ihm notiert: *Mit offenen Augen philosophieren bedeutet, im Dunkeln zu philosophieren. Nur der Blinde kann direkt in die Sonne sehen.*

Er stieg von der Leiter, nahm einen Stuhl und platzierte sich mit dem Rücken zum Flügel vor Donati, so dass er ihm ins Gesicht schaute.

Ich schlingerte den Rest des Tages und die Nacht lang durch die Stadt, aß nichts, soff zu viel und machte dann genau das, was Horowitz erwartete: Ich schickte ihm per Express ein Foto von mir, eins vom Sommer aus dem Bad, mit leicht geöffneten Lippen, auf dem man meine Schneidezähne, er liebte meine Lippen und meine Schneidezähne, besonders gut sah, als Vorlage für, sagen wir mal, Tagträume. Ich werde nun alles nur Mögliche tun, um moralische Fortschritte zu machen, um ihm näher zu kommen, schrieb ich. Es sei mir wirklich ernst.

Donati setzte sich aufrecht hin. War es das?

XIII

Zürich, hatte Kaufmann Fremden oft erklärt, sei keine Stadt, in der die Menschen ihre Gefühle im Gesicht trugen. Selbst den Liebespaaren war anzusehen, dass es nicht möglich ist, auf Schweizerisch *Ich liebe dich* zu sagen, und dass es darin keine Zukunftsform gibt. Wenn sich endlich der Frühling bereit erklärte, einer zu sein, lächelten manche belohnt vor sich hin. An öffentlich grinsende Zürcher aber konnte sich Kaufmann überhaupt nicht erinnern.

Horowitz à Moscou. Zwei französische Zeitungen hatten es auf der ersten Seite stehen, zwei Illustrierte und ein Kulturmagazin zeigten auf dem Titel Horowitz im eleganten Mantel, mit Hut und Stock, grinsend bei der Landung am Flughafen Scheremetjewo. Warum er so grinst, müssen Sie mir erklären, sagte Donati.

Er kaufte alle Blätter mit Horowitz, legte den Stapel auf das nächstbeste Autodach und fing trotz des Genieseis im Stehen an, die Zeitungen durchzufetzen mit einer Gier, die Kaufmann ihm niemals zugetraut hätte.

Was ist mit Ihnen los?

Das fragen ausgerechnet Sie, sagte Donati. Vor einer Woche war er mir noch gleichgültig. Sind Sie verkabelt?

Kaufmann streckte beide Arme aus und blickte an sich hinab. Sieht nicht danach aus.

Ich meine, haben Sie Kabelfernsehen?

Ich habe überhaupt keinen Fernseher, sagte Kaufmann mit der Würde eines Sternekochs, der um die Ketchup-Flasche gebeten wird.

Donati riss eine Seite heraus, faltete sie auf Postkartengröße, steckte sie in die Jackettinnentasche, schlug schlampig die übrigen Zeitungen zusammen und klemmte sich das Bündel unter den Arm. Ein neuer Sender namens 3sat bringt das Konzert, das die Amerikaner aufzeichnen, in Deutschland, Österreich und der Schweiz. Horowitz spielt am Nachmittag im großen Konzertsaal des Moskauer Konservatoriums, der Mitschnitt wird hier zeitversetzt erst spät gesendet.

Wann spielt er?

Ab sechzehn Uhr.

Er spielt seit zig Jahren am Nachmittag ab sechzehn Uhr, an welchem Tag?

Morgen.

Am 20. April?

Am 20. April.

Am Geburtstag des Führers ausgerechnet, und das in Moskau!

Offenbar, sagte Donati, stimmt Ihre Diagnose noch immer: Politik interessiert ihn nicht.

Vom Kiosk schlenderten sie weiter am Seeufer entlang, Kaufmann gab die Richtung vor, Donati folgte.

Dass er als US-Amerikaner ausgerechnet jetzt in die Sowjetunion reise, gegen die wegen ihrer Bündnistreue mit Gaddafi von den USA Boykottmaßnahmen verhängt worden waren, das füge sich ins Bild, erklärte Donati.

Bei der ersten freien Parkbank auf der Bürkli-Terrasse hielt er an, setzte sich auf die Zeitungen und begann, die Illustriertenfotos zu studieren. Kaufmann blickte ins lichter werdende Grau über dem Wasser, Donati erregte sich.

Sind die von allen guten Geistern verlassen? Militärisch bewachter Spezialtransport für seinen Flügel! Aus dem Wohnzimmer in New York hinuntergeseilt, im Jet nach Moskau, dort haben sie ihn, als wäre es ein Geldtransport, zur amerikanischen Botschaft eskortiert, per Kran durchs Fenster in sein Zimmer gehievt und vorgestern wieder unter militärischer Bewachung heraus. Und dann haben sie ihn von zwanzig russischen Riesen hinauftragen lassen in den Konzertsaal im Konservatorium zur öffentlichen Probe. Sogar den Klaviertechniker haben sie eingeflogen! Wie soll sich das rechnen? Abwegig, das Ganze!

Kaufmann saß mit gefalteten Händen neben ihm.

Vernünftig, sagte Kaufmann, sehr vernünftig. Sonst hätte Volodja nicht zugesagt. Sämtliche Solisten, die Geiger, die Cellisten, die Flötisten, die Oboisten, alle reisen sie mit ihrem eigenen Instrument. Es tröstet, den vertrauten Partner bei sich zu haben. Man weiß, was ihn erregt oder was er übelnimmt, worauf er empfindlich reagiert und was ihn zum Höhepunkt bringt. Klangkörper, das sagt doch alles. Ein Pianist treibt es ständig mit jemand Neuem, sieht zwar ähnlich aus wie der zu Hause, das ist auch schon alles. Dadurch wird das Gefühl der Verlassenheit noch größer.

Donati beruhigte das nicht. Aber ich bitte Sie, der eigene Klavierstimmer, das ist doch reine Starallüre wie seine … wie war das? Hier … seine Bedingung, dass für ihn Apfelsaft aus der Normandie bereitsteht, Spargel aus Oberitalien und Seezungen aus Dover eingeflogen werden. In Moskau gibt es vermutlich keine Spargel und keine Seezungen, aber bestimmt hundert Klavierstimmer.

Mir scheint, Sie verwechseln einen Steinway mit einem Auto. An dem Flügel, auf dem Horowitz spielt, ist nichts Besonderes, aber er würde ihn unter Tausenden herauserkennen, wenn er nur eine Tonleiter darauf spielt. So wie Sie unter Tausenden blind ihre Mutter an der Stimme erkannt hätten.

Donati war in Fotos vertieft, auf denen ein Mann mit Schnurrbart besorgt hemdsärmelige Packer beobachtete, die aus einer Holzkiste, adressiert an Maestro Horowitz, den in Decken eingewickelten Flügelkorpus befreiten.

Wenn sein Steinway eine so besondere Stimme hat, dann muss der Stimmer doch nichts Besonderes leisten, oder?

Ein naheliegender Irrtum. Eine gute Stimme ist nicht mehr als ein Organ, das macht noch keinen guten Sänger. Selbst bei Steinway gibt es Instrumente, die nicht einmal ein großes Organ haben. Was der Pianist daraus entwickeln kann, fängt an mit der Spielart, das heißt, wie sich das Instrument für seine Hände anfühlt, wie es anspringt, wie viel oder wenig Kraft es fordert. Nur ein Techniker, der diese Spielart in allen Sinnen gespeichert hat, kann sie auch in fremder Umgebung herstellen. Er bereitet es auf den Liebesakt mit dem Pianisten vor.

Donati wandte sich Kaufmann zu, räusperte sich angestrengt und ließ seine Brauen in die Stirn steigen. Kaufmann strahlte ihn an. Es heißt ja *der* Flügel und *le* piano.

Auch das lockerte Donati nicht.

Was war mit Wanda?, fragte er, als wäre er ihr Anwalt.

Der letzte Satz von Volodja, am 30. April 1939 vom Dampfer aus geschrieben, las sich siegesgewiss: *Ich bin sicher, wenn nichts dazwischenkommt wie Krieg oder Krankheit, werde ich bald wieder bei Dir sein.* Anfang Juni meldete er sich schon wieder aus Paris und entschuldigte sich für sein Gesudel. Wanda, die ihm streng jeden Kontakt, auch jeden Briefwechsel mit mir verboten hatte, funkte ständig dazwischen. Dass er mich trotzdem nach Paris oder Bagnoles einlud, fand ich fahrlässig. Wanda hätte mit Sicherheit erfahren, wer mit ihrem Mann während ihrer Abwesenheit unterwegs war. Das sah Volodja ein und plante langfristig. Ab Oktober oder November sollte ich ihn auf einer Konzerttournee begleiten.

Was? Sie mit ihm allein unterwegs für Wochen?, fragte Donati.

Das sei wichtig für meine Erziehung als Mensch und Musiker, schrieb Horowitz. Und dahinter: *Nicht lachen.* Das vergesse ich nie. Sonst aber lebte er in der Illusion, die Zeit habe das Problem gelöst. Er bestand darauf, dass ich ihn in seinem Sommerdomizil in Gstaad alle zwei Wochen besuchte, Unterricht inklusive, gern mit Eltern und Schwester. Vorher müsse er mich treffen für eine diplomatische Großoffensive. Er wollte mir erklären, was ich an Wanda zu schreiben habe, und ich sollte dann meinem Vater erklären, was der Wanda schreiben müsse. Volodja glänzte vor Zuversicht. Nach ein paar Briefen wird alles in Butter sein, meinte er. Mittlerweile wusste ich, was bei ihm auf Glanz und Zuversicht folgte.

Am 2. Juli 1939 kam ein langer Brief aus seiner Kur bei mir an, ein Brief in drei Teilen: *Deine Seite / Meine Seite / Unsere Seite.* Im ersten Teil erklärte er mir, falls ich wie meine Eltern und der Psychiater der Ansicht sei, dass ich nur seinetwegen homosexuellen Umgang pflegte, dann sollten wir uns niemals wiedersehen. Dann sei nämlich er der böse Versucher, und an dieser Rolle habe er kein Interesse. Wenn ich aber auf Männerliebe nicht verzichten könnte, dann sollte ich beweisen, dass ich dreiundzwanzig bin, und meinem Vater endlich klarmachen, dass es besser für mich wäre, einen Freund zu haben wie ihn als mehrere *à la carte*, so nannte er das immer. Kurz: Dann sollte ich von zu Hause ausziehen.

Was im zweiten Absatz stand, raubte mir die Fassung: Ich dürfe nicht vergessen, dass seine Frau ihn wahnsinnig tief liebt.

Wahnsinnig tief liebt, wiederholte Donati. Nicht schlecht, die Formulierung. Irgendwer, Goethe oder Shakespeare vermutlich, hat doch gesagt: Der Wahnsinn hat Methode.

Ja, Methode hatte er. Und sie. Milstein erzählte mir, dass Wanda, nachdem sie Horowitz zum ersten Mal als Solisten gehört hatte, verkündete: Das ist der Weltbeste am Klavier, sein Erscheinungsbild ist perfekt für einen Pianisten, und nur er ist so einzigartig wie mein Vater. Ihn werde ich heiraten.

Also hat sie ihn anfangs angebetet? Was Sie erzählt haben, hörte sich nicht nach Anbetung an. Wie hat sie ihn gerufen? Volodja, Vladimir, Horowitz oder ...

Pinci, sie nannte ihn Pinci.

Pinci? Donati sprang von der Bank auf und starrte Kaufmann an. Wirklich Pinci? Und er ließ sich das gefallen?

Horowitz habe so wenig Italienisch gesprochen wie er selbst, sagte Kaufmann verwundert.

Donati setzte sich wieder auf seine Zeitungen.

Pinci kenne ich aus Nonnas Küche. Das sind Nudeln, ganz blass, handgemacht, dünn, aber unförmig, wie missglückte Spätzle. Eine solche Nudel heißt *pincio* und das erinnert stark an *pinco*, zu Deutsch: Dummkopf. Die Toscaninis werden sich darüber amüsiert haben. Aber Pardon, ich habe Sie unterbrochen, Abschnitt drei?

Unsere Seite begann mit den üblichen Vorwürfen. Er bezeichnete meine frühere Existenz als prostituiert, und das sei ihm absolut zuwider. Trotzdem verkündete er, wenn der Sommer Klarheit brächte, könnte ich für fünf Monate mit ihm nach Amerika fahren.

Wie es wirklich um uns stand, verriet der nächste Doppelbrief von Volodja Anfang Juli. Zum Vorzeigen schrieb er so ungefähr: Tut mir leid, aber ich werde nichts gegen Papas Willen unternehmen. An mich schrieb er, ich habe die Stelle erst gestern nochmals gelesen, sie hat mich damals gewaltig in Fahrt gebracht: *Wir werden einen Nervenkrieg führen. Aber Adagio! Wir werden gewinnen.*

Nervenkrieg, mit dem Begriff war Chamberlain im Rundfunk zitiert worden. Bei Horowitz kam der drohende Weltkrieg nicht vor. Sein Thema war die Privatfehde und die Hoffnung auf musikalischen Waffenstillstand mit seinem Schwiegervater. Toscanini hatte ihn aufgefordert, am 29. August in Luzern das zweite Klavierkonzert von Brahms zu spielen. Brahms! Dass ich bei diesem Weltereignis dabei sein musste, stand für Volodja fest. Die Karten waren sofort weg, und Wanda durfte mich keinesfalls zu Gesicht kriegen. Trotzdem ließ er mir ein Billet schicken, Galerie, erste Reihe, direkt über dem Podium. Wanda und der übrige Clan würden unten ganz vorn sitzen, mit freiem Blick auf die Zuhörer droben.

Er kicherte am Telefon über meine Befürchtungen. Wanda sieht nur die Prominenz, sagte er. Leute auf billigeren Plätzen nimmt sie gar nicht wahr.

Du fährst nicht, sagte mein Vater.

Am 23. August 1939 wurde in Moskau der deutsch-sowjetische Nichtangriffspakt unterzeichnet. Jeder ahnte, was das bedeutete. Wer nach Amerika entkommen wollte, musste sich beeilen.

Du fährst trotzdem nicht, sagte mein Vater.

Drei Tage später wurden in Frankreich drei weitere Jahrgänge, also nochmals 700 000 Mann, zu den Waffen gerufen. Mein Großvater war außer sich. Wenn die Franzosen einen Flankenmarsch durch unser Land planen, um in Polen mitzumischen, dann ist es mit uns vorbei. Mein Vater ließ Baldrian nach unten tragen, es kam umgehend zurück.

Am 28. August hantierte ich so geräuschvoll wie möglich in der Ankleide meiner Mutter, angelte einen kleinen

Koffer oben vom Schrank und ließ meine Zimmertür weit offen stehen, während ich packte.

Sie verreisen, Herr Nico?, fragte das Dienstmädchen.

Zwei Minuten später stand mein Vater da. Wenn du das tust ...

Ich sah ihm in die Augen. Wenn ich das nicht tue ...

Dann klappte ich meinen Koffer zu.

Am Bahnhof verkündeten die Morgenausgaben: *Aufgebot der Schweizer Grenzschutztruppen, Einberufung der Bundesversammlung, Wahl des Generals.*

Im Zug schwitzten die Polster. Es redete keiner. Viele hielten ihre Oberarme umklammert und glotzten auf den Boden.

Ganz anders die Besucher im Luzerner Konzertsaal, denen war nichts anzumerken. Sie schienen mir wie herausgebacken in Selbstzufriedenheit. Aber als Toscanini ans Pult trat, klatschten sie übertrieben laut, und als Horowitz auf die Bühne hetzte, wurde der Applaus hysterisch.

Die beiden in Europa, es wird das letzte Mal sein, für wie lange auch immer, sagte meine Nachbarin.

Zu Beginn dieses Klavierkonzerts ertönt ein Hornruf. Waldeinsamkeit, dachte ich. Ein Wort, das Horowitz irgendwo entdeckt hatte und liebte. Menschenleer hätte der Saal nicht stiller sein können. Es war, als würde sich die Anspannung von Horowitz auf jeden übertragen. Ständig wandte er den Blick zu Toscanini wie ein ängstlicher Debütant.

Und dann kam der dritte Satz, diese Adagio-Passage in fis ... Nein, Sie müssen es einfach anhören. Sein Rücken bebte, nur der Rücken. Ich konnte von oben auf seine Hände sehen. Ruhig lagen sie da, und seine Finger strichen Klänge aus den Tasten, die ich noch nie gehört hatte. Letzte Klänge. Toscanini ließ den Stab sinken.

Am Schluss erhoben sich alle. Ich schaute die Gesichter an. Gealtert kamen sie mir vor, als hätten sie unerwartet dem Tod ins Auge geblickt.

Die Nacht in Luzern verbrachte ich allein in einem sargähnlichen Hotelzimmer. Es gefiel mir.

Am 31. August las ich auf einer Parkbank im Seefeld die wenigen Zeilen, die Horowitz nach dem Konzert auf den Hotelbriefbogen des Grand National geworfen hatte. Wie ich den Brahms erlebt hätte? Er habe seine ganze Seele gegeben. Das Wort Seele schrieb er sehr groß. Ich hatte es noch nie von ihm gehört oder gelesen.

Einen Tag später frühstückte ich allein in meinem Zimmer, als der Rundfunk meldete: Deutschland im Kriegszustand gegen Polen. Die Freie Stadt Danzig wird sofort mit ihrem Gebiet und ihrer Bevölkerung ein Teil des Deutschen Reiches.

Am 2. September rannte ich in der Morgendämmerung hinaus auf die Straße. Warum ich zu meiner ehemaligen Schule lief, weiß ich nicht. Am Freien Gymnasium hing ein Schild: *Vorübergehend geschlossen.* An der Mauer klebte ein Zettel mit Pfeil zum Schulhof: *Sammelplatz* stand darauf. Schüler trudelten ein mit Soldaten von auswärts im Schlepptau, die sie von den Bahnhöfen hierher lotsten. Einer blieb stehen: Kaufmann? Ein Ehemaliger? Ich nickte. Noch nicht dabei? Er spuckte aufs Pflaster. 430 000 Mann sind schon mobil gemacht.

Von Horowitz kein Laut, kein Wort, kein Zeichen.

Meine Ohren waren auf Empfang. Rund um die Uhr lauschte ich, wenn das Telefon klingelte. Kein Anruf für mich. Am 3. September 1939 erklärten Großbritannien und Frankreich Deutschland den Krieg. Die britische Regierung annullierte sämtliche Visa von dort. Die Visabesitzer galten nun als feindliche Staatsangehörige. Auch deutsche Juden konnten nicht länger nach Großbritannien emigrieren. Russische genauso wenig.

Entschuldigung, sagte Donati, was für einen Pass besaß Horowitz eigentlich?

Kaufmann stand auf, als fiele es ihm schwer. Donati klemmte seine Zeitungen unter den Arm. Ohne nach einem Ziel zu fragen, spazierte er neben Kaufmann Richtung Norden.

Sie sind schneller als ich. Erst an diesem Tag fragte ich mich: Was war das für ein Ding, das ich bei ihm gesehen hatte? Schon rein äußerlich war es ein windiges Dokument, ein grünlicher Lappen, nichts Solides, *Passeport de Nansen* stand oben am Rand. An mehr erinnerte ich mich nicht. Einer aus meiner Maturaklasse war bei der Zollbehörde gelandet. Nansen-Pass? Das ist eine Notlösung, die sich der große Polarheld als Kommissär des Völkerbunds für die staatenlosen Flüchtlinge und Emigranten ausgedacht hat, schon 1922. Warum fragst du?

Ein Jahr vorher hatte Lenin beschlossen, allen im Ausland lebenden Russen die Staatsbürgerschaft zu entziehen. Ihre Papiere waren nichts mehr wert.

Ausgestellt wird der Nansen-Pass von dem Staat, in dem sich der Ausgewanderte aufhält. Gilt aber immer nur für ein Jahr. Ein Visum in die USA? Konnte man bis Kriegsbeginn damit bekommen, jetzt sieht es damit zappenduster aus.

Die Angst kam mir überall entgegen, auch zu Hause. In der Stimme unseres Präsidenten, künstlich tief, der zu Ruhe und Besonnenheit mahnte, aus den Einkaufstaschen unserer Köchin, vollgepackt mit Schmalzgläsern, Butterpaketen, Speck und Ölflaschen. Sogar aus den Annoncen in der Zeitung sprang sie einen an. Brave Hausbauarchitekten boten an, Luftschutzräume zu erstellen, Bettenspezialisten warben für Feld- und Notbetten mit Luftschutzmatratze. Ich hielt es nicht mehr aus am Seefeldquai. Doch die ganze Innenstadt war unerträglich nervös. Es wieherte, klapperte, schnaubte, schluchzte, lärmte und lachte panisch. Soldaten waren mit ihren Tornistern unterwegs, Rossbollen lagen überall auf dem Pflaster, über 70 000 Pferde waren mobil gemacht worden. Vor den Lebensmittelläden standen die Kunden bis auf die Straße Schlange. Personal eingezogen, hieß es, auch weibliches, für den Frauenhilfsdienst.

Am 13. September erreichte mich endlich ein Expressbrief vom Vortag aus einem Privatquartier in Luzern. *Die letzten zwei Wochen waren so schwer, dass es mir wie zwei Jahre vorkommt!*, schrieb Volodja. Er hatte wieder und wieder bei uns am Seefeldquai angerufen. Es hieß immer, ich sei nicht da.

Schweigend zogen Kaufmann und Donati weiter, bis zum Baur au Lac.

Was wollen Sie hier?, fragte Donati.

Wortlos betrat Kaufmann das Entree. Wir brauchen es nicht lange, sagte er, als ihm der trainierte junge Mann an der Rezeption mit einem korrekten Lächeln den Schlüssel reichte.

Es war ein großes Zimmer mit Seeblick. Kaufmann setzte sich aufs Bett, Donati in den Brokatsessel gegenüber.

Ich war verschwitzt und angestaubt wie ein Köter, der tagelang einer läufigen Hündin aufgelauert hat. So war's auch. Seit dem 13. September war ich ständig ums Hotel herum gepirscht, den Eingang im Visier. Horowitz hatte angekündigt, dass er bereits im Baur au Lac sei, letzte Erledigungen – mit seiner Frau. Sie lässt mich keine Sekunde allein, hatte er gewarnt. Bei einem Bekannten im Schauspielhaus sollte ich Post für ihn abgeben. Ich war dabei, verrückt zu werden. Volodja zum letzten Mal in nächster Nähe und nicht erreichbar.

Fiebrig wachte ich jeden Morgen um vier Uhr auf und erschrak, was mir aus dem Spiegel entgegenstierte. Suchtvisage, sagte mein Vater zu so etwas. Wenn ich nicht ums Hotel schlich, ging ich zum Schauspielhaus und fragte, ob eine Nachricht da sei.

Endlich, am 16. September, ein Zettel im Hotelkuvert: Wanda war abgereist.

Es war dieses Zimmer. Die Flure waren tot. Trainierte junge Männer waren keine mehr unterwegs, untrainierte junge Männer auch nicht, alle eingezogen. Herein, rief Volodja. Er hatte abgeschlossen. Ich rüttelte an der Klinke. Stille, dann seine Stimme ganz nah, er musste direkt hinter der Tür stehen. Nikischin?, fragte er.

Ein verschrecktes Tier sah mir entgegen, molchweiß, aus einem Erdloch gekrochen, Augen, die lange nur Finsternis gesehen hatten.

Wandas Parfum hing noch in der Luft.

Dort drüben auf dem Schreibtisch stapelten sich die Geldbündel, daneben Kassetten, Samtetuis und Schatullen. Er hatte irgendeinen Safe geleert, und ich sollte ihm helfen, Dollars und Goldmünzen zu zählen und seine Fabergé-Tabatièren zu verpacken. Zu wenig Leute im Haus, sagte Horowitz. Die Mobilmachung.

Er ließ mich das Vermögen allein zusammenrechnen und saß daneben, den Kopf im Nacken redete er.

Der französische Konsul in Luzern, Konzertsaal erste Reihe Mitte, war ergriffen wie alle aufgestanden nach Volodjas Brahms am 29. August. Drei Tage später hatte er es verweigert, den in Frankreich ausgestellten Nansen-Pass von Horowitz anzuerkennen und ihm ein amerikanisches Visum zu erteilen. Beim Verlassen der Konsulsvilla war Horowitz angehalten worden, Papiere, bitte, weil er derartig zitterte. Wanda reiste mit italienischem Pass. Der italienische Konsul in Luzern hörte nur: Toscaninis Tochter. Das war kein Vorteil mehr. Er deklamierte viel, telefonierte lange und stellte nach zwei Stunden beiden nichts als einen Passierschein nach Genua aus. Dort gab es Beamte des Außenministeriums, für die Toscanini ein Abgott und Mussolini ein Krimineller war. Endlich hatten sie ein Visum für Amerika bekommen und sofort die Überfahrt von Genua über Valencia nach New York gebucht. Es waren die letzten Plätze auf diesem Dampfer. Aber …

Donati beugte sich vor. Ja?

Kaufmann war zusammengesackt und sprach, ohne den Kopf zu heben.

Das Begehren stellte sich nicht ein, es funktionierte nicht mit der Liebeslust im Angesicht der Gefahr. Ich kam mir vor wie kastriert. Das prüde Papier druckfrischer Geldnoten zwischen den Fingern, das Klicken des kleinen Rechenapparats, in den ich eintippte, Zahlen vor mir, nichts als Zahlen. Das letzte Mal, vielleicht das allerletzte Mal. Und ich einbestellt als Handlanger für die Abrechnung.

Schließlich hatte er neben Horowitz auf der Matratze gelegen, mit nichts als dem offenen Hemd am Leib und doch eingesperrt in der Berechnung und den Gedanken an die Habgier und den Geiz und das Geld, und hatte gewartet, ob noch irgendetwas geschehen würde.

Listen, Bubele, sagte Horowitz schließlich müde. Ich bin nicht frei. Aber ich werde nach Amerika gehen, und dort haben sich mehr Menschen als sonst wo freigekauft. Verstehst du mich?

Dann griff er mit seiner kühlen Hand nach meiner …

Was geschah dann noch an diesem letzten Abend oder in dieser letzten Nacht mit Ihnen beiden?, riss ihn Donati aus dem Wegdriften.

Wie bitte? Was mit uns war? Nichts, sagte Kaufmann. Es war uns beiden zu ernst. Gar nichts war und doch irgendwie alles.

Er verstummte und war ganz in sich versunken. Als das Sechseläuten einsetzte, raffte er sich auf.

Erst als sie aus dem Hotel ins Freie traten, sagte Kaufmann: Er machte mir ein Geschenk zum Abschied. Eine Armbanduhr in Rotgold von Cartier. Die Uhr wurde mir bei einem Überfall auf offener Straße in München geraubt. Das einzige Geschenk von früher, seine abgelegte Strickjacke von Lanvin, haben die Motten zerfressen.

Am nächsten Kiosk grinste ihnen Horowitz entgegen.

Also, warum?, fragte Donati. Warum dieses Grinsen?

Der letzte Widerstand. Er liebte Eiscreme. Sie gab ihm keine, ich will nur sein Bestes, erklärte sie. Er liebte Männer, sie schasste sie weg. Er tanzte gern in Nachtclubs, sie erlaubte ihm das nur an runden Geburtstagen. Er grinste oft, vielleicht auch aus Lust am Entgleisen, sie verbot es. Aber das Grinsen konnte sie ihm nicht wegnehmen.

Kaufmann lächelte. Sie kann es offenbar noch immer nicht.

XIV

Kleines Gepäck. Hört sich nach Unbeschwertheit an, dachte Kaufmann, als er das Papiertütchen der Confiserie vollstopfte.

Eine Unterhose (weiß), ein Paar Socken (anthrazit), ein Oberhemd (hellblau) und eine Zahnbürste. Er pfiff dabei vor sich hin, und erst als es nicht weiterging, fiel ihm auf, was er gepfiffen hatte. *Voyager sans bagages*, ein Lied für Singstimme und Klavier; im Herbst 1939 hatte er angefangen, es zu komponieren, und war über den Entwurf nie hinausgekommen.

Herbst 1939. Von vielen Künstlern mit dem roten J im Pass, die damals oder noch später im Odeon Lotsengeld geschnorrt hatten, um zu Fuß via Frankreich über einen Pyrenäenpass nach Spanien zu fliehen und vielleicht den letzten Dampfer in Valencia zu erwischen, hatte er später nie mehr etwas erfahren. Kleines Gepäck.

Es passen Dramen in die zwei Wörter, murmelte Kaufmann.

In welche zwei?, fragte Donati.

Ach, nichts.

Auf dem Weg vom Vieri an den See, zum Kabelfernsehen in Meilen, bat er Donati, kurz in der Altstadt zu halten, im Niederdorf am Hotel Hirschen.

Ein schmalbrüstiges Haus, dessen Alterswürde lachsfarben zugeschminkt war; aus dem Erdgeschoss dröhnte übersteuerter Schlagzeugsound, viel Lärm, sonst nichts.

Donati verzog das Gesicht. Mit vierundzwanzig habe ich auf der Hirschenbühne zum ersten Mal Pink Floyd live erlebt, neunundsechzig ging hier noch was ab.

Ist das nicht schön? Kaufmann strahlte. Jugend ist ein Syndrom, das ohne jede Behandlung verschwindet. Fünfunddreißig Jahre vorher, als ich noch an Jugend litt, hatte rechts und links vom Eingang ein Bündner namens Carigiet, Zarli Carigiet, zwei riesige Gewürzgurken aus grüngestrichenem Sperrholz angebracht. Sein Cabaret Cornichon war, nach einem Fehlstart, von 1934 an eine Institution. Die Gäste quetschten sich auf unbequemen Stühlen an tablettgroßen Tischen zusammen und mussten die von kampferprobten Kellnerinnen servierten Schöppli oder Reschtbrote weiterreichen. Mit Kriegsbeginn geriet das Cornichon zur Hauptbeschäftigung für den Deutschen Nazi-Botschaftsrat in Bern, von Bibra hieß er. Der kam mit Zensurforderungen gegen diesen Saustall kaum mehr nach. Das Cornichon brauchte keine Tapeten zu kaufen, Bibras Beschwerdebriefe reichten. Und ab Herbst 1940 war das hier meine Heimat als Pianist.

Als Kaufmann *Heimat* sagte, roch er die dampfige, abgestandene Enge und verspürte Wehmut.

Mitleidig blickte Donati ihn von der Seite an. Dann hat das Trauma von Horowitz' Abschied Sie also doch verdammt schnell aus der Bahn geworfen.

Nett, dass Sie so denken, aber im Herbst 1940 hatte ich am Zürcher Konservatorium das Konzertdiplom erhalten. Ich wollte es dem abwesenden Lehrer zeigen. *Du könntest anständig Klavier spielen, aber was Karriere angeht, bin ich skeptisch!*, hatte mich Volodja in einem der letzten Briefe wissen lassen.

Am 19. April 1941 um sechs Uhr morgens saß ich am Radioapparat. Oben drauf hatte ich ein Foto gestellt, das mir Volodja zum Abschied gewidmet hatte: *Meinem lieben Nico zur Erinnerung an seinen Lehrer, welcher die Unterbrechung der Studien durch unglückliche Umstände bedauert.*

Das Konzert wurde direkt aus der Carnegie Hall auf unsere Insel übertragen, Tschaikowsky mit Horowitz und Toscanini. Für mich war es ein Wunder. Seit meinem vierundzwanzigsten Geburtstag am 24. Juni 1940 war die Schweiz eingekesselt von den Achsenmächten. Auf den Plätzen, in den Villengärten und Parkanlagen wuchsen Weizen, Kohl und Rüben. Pardon, wem erzähl ich das! ... Nach eineinhalb Jahren war dies der erste Kontakt mit Volodja. Es musste ihm gut gehen drüben, er war in Hochform. Ein Geräusch wie Regengeprassel, das am Schluss minutenlang das Radiogehäuse beben ließ, sagte alles. Die New Yorker feierten, was Musik in dunkler Zeit vermochte.

Donati schien unbewegt. Vielleicht feierten sie auch nur den Triumph, dass sie nun Toscanini und Horowitz in ihrem Gewahrsam hatten. Und was Sie selbst angeht: Wenn Ihre Ziele nach wie vor hoch gesteckt waren, warum trieben Sie sich dann hier im Hirschen zwischen Bier und Wurstbroten und Kabarettisten herum? Dilettanten alles, vermute ich.

Kaufmann öffnete, ohne etwas zu sagen, die Beifahrertür des alten Peugeots und hockte dann, an seinen Manschettenknöpfen nestelnd, einfach nur da, bis der Wagen die Stadt verlassen hatte und am rechten Seeufer entlang nach Süden fuhr.

Er hieß Carlo, im Cornichon hieß er so, sonst war er der Meier Karl. Außerehelicher Sohn einer Büglerin, fast zwanzig Jahre älter als ich, Volksschule und dann nur Verkäufer gelernt, nichts Rechtes, hätte mein Vater gesagt. Trotzdem war er geworden, was er erträumt hatte: Schauspieler, Regisseur – in Schaffhausen hatten sie ihm den Posten als Theaterdirektor angeboten – und aktiv schwul.

Schön war er nicht, leicht vorstehende traurige Augen, schmächtig und unmusikalisch. Es gab auch Leute, bei denen er der Rolf war. Unter dem Namen gab er die Zeitschrift *Menschenrecht* heraus, Vorläufer von *Der Kreis*, leitete einen Verein schwuler Männer und organisierte ihre Bälle. Aus ganz Europa reisten die Besucher an und verwandelten sich aus farblosen Anzugsraupen in schillernde Schmetterlinge. Es war …

Ja?, drängte Donati.

Es war trostlos verlogen. 1942 trat bei uns zwar das Menschenrecht für Homosexuelle theoretisch in Kraft, praktisch aber wurden Schwule aus Jobs und Wohnungen geekelt und von der Familie fallengelassen, wenn es aufkam. Mir wär's lieber, du hättest einen Krebs, das täte uns wenigstens nicht blamieren, hatte der Vater von Rolfs Kassenwart zu seinem Sohn gesagt, als er ihn hinauswarf.

Der fromme Rolf, der als Kind nichts gelernt hatte außer beten, hätte sich in jungen Jahren ums Haar erhängt, weil seine Orientierung für ihn eine Todsünde war. Seit er sich zugab, kannte er kein Drumherumreden mehr, auch bei mir nicht. Bisexuell? Ich glaube, das bist du nur deinen Eltern zuliebe, damit sie dich für konvertierbar halten.

1942 wurde mein Vater begraben, und ich stellte fest: Rolf hatte recht. Ich sagte es meiner Mutter.

Woher auf einmal der Mut?, fragte Donati.

Für den großen Mut war ich immer zu klein. Dieser jüdische Medizinstudent, der 1936 in Davos einfach in die Wohnung von Gustloff spaziert war, Chef der Schweizer Nazipartei, und ihn ohne zu zögern erschoss, der war nur ein paar Jahre älter als ich. Nie hätte ich mich so etwas getraut. Aber ich wollte wenigstens für den kleinen Mut groß genug sein. Es drängte mich, eine Karte an Volodja zu adressieren: Ich bin nicht normal geworden und werde nicht heiraten. Dein Nikischin. Doch für mich gab es ihn nur im Rundfunk oder am Kiosk.

Rachmaninow mit 70 nach langer schwerer Krankheit in Los Angeles gestorben. Das wurde Ende März 1943 auch bei uns berichtet. Sein Freund Horowitz, las ich, war seinetwegen samt Frau und Tochter nach Los Angeles übersiedelt und hatte nun alle Konzerte abgesagt. Bis auf eines mit Toscanini. Die Angst vor dem Maestro war ihm also geblieben.

Im Mai 1943 hätte ich Volodja am liebsten telegrafiert: *studienpreis für klavier gewonnen. darf nur zu weiterbildung verwendet werden.* Arbeit! Arbeit! Arbeit!, hatte Volodja mir eingeschärft, obwohl er selbst wenig übte.

Ich weiß nicht, war es eitel, war es sentimental oder war es doch ein echtes Bedürfnis, dass ich mir nach Kriegsende Hoffnungen machte, irgendein Lebenszeichen von Volodja zu erhalten.

... *der die Unterbrechung der Studien bedauert*, stand auf dem Foto. Mit Zeitschriften und Zeitungen in zehn Sprachen war damals schon jeder Kiosk versorgt. Es war ein Kunstmagazin, wo im Dezember 1945 eine Art Homestory über Horowitz erschien. Er posierte auf dem Sofa unter einem Picasso mit Sonia und Wanda, neben dem Foto stand: *Der Starpianist verkaufte seine Fabergé-Sammlung und erwarb ein Stadthaus in New York in der 94. Straße, Nähe Central Park.*

Ob er sich noch dran erinnerte, wer ihm damals die Fabergé-Tabatièren verpackt hatte? Ich war drauf und dran, meinen neuesten Geldsegen für einen Flug nach New York auszugeben. Gerade hatte ich den Concours de Genève im Fach Klavier gewonnen, mit neunundzwanzig. Drei Jahre vorher hatte ihn Georg Solti bekommen, sechs Jahre zuvor Arturo Benedetti Michelangeli, ein Jahr später bekam ihn übrigens Friedrich Gulda ... sagt Ihnen nichts, ich weiß. Michelangeli ist vielleicht Ihr Jimmy Hendrix und Gulda Ihr Frank Zappa. Aber Volodja hätte es etwas gesagt. Dann studierte ich das Foto. Es war furchterregend.

Donati wartete.

Er wartete vergebens.

Es war nur der Motor des alten Peugeots zu hören.

Kurz vor Erlenbach kam wieder Bewegung in Kaufmann. Medi, mein Gott, jetzt ausgerechnet fahren wir wieder bei den Manns vorbei. Die Medi Mann habe ich im Frühjahr 1947 in Chicago wiedergesehen.

Donati stieg auf die Bremse. Was? Sie sind in Chicago aufgetreten?

Schon, aber auf der dortigen Hirschenbühne. Horowitz hatte recht behalten, es war aus mir doch kein Pianist geworden, also keiner, den er so bezeichnet hätte, obwohl es kurzzeitig danach ausgesehen hatte. Das war gut so.

Das finden Sie gut? Donati war ungewohnt laut geworden.

Ja, das finde ich gut. Ein Künstler hat den Antrieb in sich, ich brauchte ihn von außen. Da war niemand mehr, dem ich etwas beweisen wollte, kein Vater, kein Horowitz, auch kein Geliebter, dem das imponiert hätte. Das Cornichon hatte aufgehört, und ich war mit einem seiner ehemaligen Stars, der Tänzerin und Pantomimin Trudi Schoop, auf Amerikatournee. *Barbara* hieß unser Stück, Ballettmusik von mir. In die Innentasche meines Jacketts hatte ich hinter den Pass, als wäre es ein zweiter Ausweis, den allerletzten Brief von Volodja gesteckt, hastig geschrieben in Valencia am 1. Oktober 1939. Zwei Sätze darin waren für mich wie ein ... ein Versprechen: *Es war ... ein großes Glück, dass wir vor meiner Abreise noch zusammensein konnten! ... Es ist wirklich ein Schicksal.*

In Detroit las ich in der Zeitung, dass Horowitz ebenfalls in den Staaten tourte und an diesem Tag, glaube ich, in Boston auftrat. Da er um die Mittagszeit immer schon im Konzertsaal die Position für seinen Steinway und die Akustik ausprobierte, versuchte ich, ihn dort zu erreichen. Es klappte. Ich war erregt, nach all den Jahren seine Stimme wieder zu hören. Er war es auch. Jeder von uns riss sich quasi die Kleider vom Leib. Fiebrig offenbarten wir einander Sorgen und Sehnsüchte und Begierden.

Was mit meinem Vater sei, meinen Liebschaften?

Langsam ist er gestorben und elend, und an seinem Grab habe ich endlich gewusst, wo ich sexuell hingehöre.

Meine Wohnung, mein Auskommen?

Leider noch immer zu Hause im Seefeld, geht anders nicht, ja, finanziell klamm, aber ich komme über die Runden.

Wanda?

Hat gesagt, als Pianist tauge ich etwas, aber als Mensch nicht das Geringste. Das sagt sie auch vor anderen.

Sonia?

Läuft aus dem Ruder, pinselt Bilder, fliegt von jeder Schule, stiehlt, lügt und flucht obszön, sie ist nicht mehr mein Kind.

Rachmaninows Tod?

War schlimm. Wir werden uns nicht wiedersehen, Volodja, sagte er zu mir, ganz kurz, bevor er starb. Er glaubte an nichts, und ich kann auch an nichts mehr glauben, außer … Volodjas Stimme brach weg.

Ich stand in der Telefonzelle meines Hotels. Die Cartier-Uhr von Volodja hatte ich vor mich auf die Holzkonsole gelegt. Es war keine Viertelstunde vergangen, und wir hatten uns alles zugemutet.

Bitte schreib mir lang und ausführlich, bettelte er heiser. Du weißt nicht, wie gottverlassen ich bin. Ich brauche deine ... Ich hörte am anderen Ende der Leitung Geräusche im Hintergrund, zuerst einen Mann, dann eine Frau reden, laut, noch lauter. Grußlos legte Volodja auf.

Ich schrieb ihm lang und ausführlich. Meine Tingeltangeltour verschwieg ich, ich schrieb nur, dass ich erfolgreich war und nun offen sei für jede Zukunft, vielleicht in den Staaten, und schlug zwei, drei Treffpunkte vor. In Chicago bekam ich endlich eine Antwort, sein Agent Sol Hurok hatte sie mir zugestellt. Aus der Presse wusste ich, dass Hurok eigentlich Solomon Izrailevich Gurkow hieß, Jude und Russe. Offenbar sehnte sich Wladimir Samoilowitsch Gorowiz in der Fremde nach irgendeiner Art Heimat. Wanda und Sonia waren ihm keine, er ihnen sicher ebenso wenig. Konnte ich eine sein? Ich riss das Kuvert mit dem Zeigefinger auf, der Zeigefinger zitterte. Der Brief von Horowitz fing gut an. Er freue sich über meine Erfolge, er freue sich sehr. Der Brief war kurz. Er endete mit dem Satz: *Es ist besser, wenn wir uns nie mehr sehen.*

Als ich das las, war ich im Aufbruch zum Mittagessen bei Medi. Sie hatte einen sizilianischen Intellektuellen namens Borgese geheiratet, sechsunddreißig Jahre älter, ja, Sie denken sich, was sich jeder dachte. Von Jugend an kompromissloser Antifaschist, mittlerweile auch Umweltaktivist, der an der Uni unterrichtete.

Mir war kotzübel, als ich im Lift stand.

Mein Vater nennt ihn vulkanisch, blies Medi in mein Ohr, als mir Borgese die Hand reichte, ein Mann, der aussah, wie ich mir François Villon in alt vorstellte. Wulstige, für einen Mann befremdlich rote Lippen, dicke Nase, breite Nüstern, lüsterne Augen. Geld hatten sie wenig, aber eine Vorzeigewohnung in Chicago mit Blick auf den Michigan See, ein schwarzes Hausmädchen und zwei kleine Töchter, sieben und drei Jahre alt. Dass ich meine Pianistenkarriere aufgegeben hatte, tröstete Medi. In ihr hatte früher auch die Fantasie von einer Pianistenlaufbahn geblüht, aber die hatte sie nach der Hochzeit vor acht Jahren beseitigt, erzählte sie, ausgejätet wie Unkraut war ihre Formulierung.

Ich ahne es, der Gatte, sagte Donati, der vulkanische.

Nein, keineswegs. Wir stellten fest, dass wir beide aus dem gleichen Grund ausgestiegen waren: Es war für uns nicht überlebenswichtig. Klavierspieler waren wir, Künstler waren wir nicht. Kunst kommt von Müssen, hat Schönberg gesagt. Wir waren beide ohne Üben zufrieden, zufriedener als mit.

Medi wusste, dass Horowitz mich als Schüler angenommen und zwei Jahre lang unterrichtet hatte, sogar in seinen Urlaubshotels, sie beneidete mich darum, sonst wusste sie nichts über uns. Für sie war ich noch immer ein hübscher Junge, der sie sofort geheiratet hätte, ein sehr hübscher Junge sogar, so hatte mich ihr Vater tituliert. Aber ihr entging nicht, dass ich fahrig war und unkonzentriert und vermutlich ziemlich verkrampft lächelte. Meine gute Laune lag nur wie Reisig über einer Fallgrube. Nah am Heulen zeigte ich den Borgeses Volodjas Brief. Medis Ehemann brach in Wut aus. Skandalös fand er diese Abfuhr ohne jeden Grund. Sofort wollte er an Horowitz schreiben. Da blätterte mir Medi einige Artikel aus den letzten zwei Jahren hin, die sie ausgeschnitten hatte.

Er nennt sich Janis, Byron Janis, heißt eigentlich aber Jankelewitsch, russisch-jüdische Abstammung, sagte Medi.

Auf allen Fotos war neben Volodja ein Junge im schwarzen Anzug zu sehen, den Leonardo nur nackt gemalt hätte.

Starpianist Horowitz und sein erster Schüler.

Byron Janis (16) wird der erste Schüler von Horowitz.

Der Virtuose als Pädagoge: Horowitz nimmt erstmals Schüler an.

Da zerriss ich den Brief, machte ein Fenster auf und streute die Schnipsel in den Wind.

Jetzt bist du ihn los, sagte Medi.

Am Tag drauf entdeckte ich auf einem Plakat die Ankündigung: *Horowitz Carnegie Hall N. Y. on 19 May 1947.* Ich versuchte, über seinen Agenten zu dem völlig ausverkauften Konzert noch irgendeine Karte zu ergattern. Völlig unmöglich, hieß es. Trotzdem setzte ich mich in den nächsten Zug nach New York. Ein Bekannter von mir, Gordon Manley aus Vancouver, selbst Pianist, der direkte Drähte zum Einlasspersonal hatte, schmuggelte mich schwarz hinein.

Chopin und Liszt spielte Horowitz, das weiß ich noch, sonst weiß ich fast nichts mehr, ich war zu benommen, nur eins vergesse ich nie: Aus den Années de pèlerinage, einem Zyklus, in dem Liszt jedes seiner Wanderjahre einem Land gewidmet hat, spielte Volodja die Stücke aus dem ersten Jahr, Suisse. Er sang sie auf den Tasten als ein langes Lied vom Heimweh. War es meines oder seines oder unseres? Suchte er, als er aufstand, die Hand über die Augen legte und in den Saal spähte, nach mir?

Du solltest mit mir backstage gehen und ihn begrüßen, drängte Gordon. Die Demütigung, dass Volodja mich wie einen Niemand behandelte, wollte ich mir nicht antun, ihn aus der Nähe sehen schon. Ich drückte mich in eine unbeleuchtete Ecke. Als er die kleine Treppe von der Bühne Richtung Künstlerzimmer herunterkam, faltete er die Hände über der Brust. Das hatte er früher nie gemacht, aber Toscanini war berühmt für diese gottväterliche Pose. Er sah angegriffen aus und freudlos, seine Gesichtsmuskeln und Halsmuskeln zuckten, die Haut war fahl, der Gang schleppend. Maestro, hörte ich. Es war großartig, Maestro. Das ist die erlaubte Anrede für Vertraute, flüsterte Gordon, hat er von seinem Schwiegervater übernommen.

Zum Bier hinterdrein kredenzte mir Gordon Geschichten aus erster und zweiter Hand. Volodjas Klaviertechniker musste immer mal wieder bei seinem Freund Gordon Manley abladen, was zu schwer wurde. Er verriet Gordon, dass Horowitz mit einem Wasserglas nach ihm geworfen hatte, weil es nicht sauber war. Dass er manchmal mit den Fäusten auf die Tastatur und auf die Stange eindrosch, die den Deckel aufhielt, bis der herunterkrachte. Dass man ihm überall kommentarlos ein Feldbett ins Künstlerzimmer stellte, weil er vor dem Auftritt bis zur Erschöpfung tobte und schimpfte. Mittlerweile, sagte Gordon, habe ich das Gefühl, Horowitz hasst etwas an sich.

Da klarte es auf in meinem Hirn. Liebe kommt von Müssen. Hasste Horowitz sich dafür, nicht zu lieben, wie er lieben musste? Wenn das so war, dann verstand ich, warum Volodja mich nicht sehen durfte: Ich erinnerte ihn daran, dass er sich für die Lebenslüge entschieden hatte. Ich war sein Gewissen.

Knapp sechs Jahre später übernachtete Gordon bei uns im Seefeld. Kriminell gut, sagte er, als er sein Mitbringsel ablegte. Eine Raubpressung, heimlicher Mitschnitt aus der Carnegie Hall vom 12. Januar 1953. Zum 25-jährigen Jubiläum seines Debuts dort hatte Horowitz das Tschaikowsky-Konzert gespielt, was sonst. Als Dirigenten hatte er sich Dimitri Mitropoulos ausgesucht. Mitropoulos war krank geworden. George Szell hatte übernommen.

Ich lasse diesem Terroristen seine Tempi, hatte Horowitz seinem Klaviertechniker verkündet, aber ich bleibe bei meinen.

Gordon sagte nur: So war es dann auch. Hör's dir an.

Horowitz spielte, als wäre er auf der Flucht, und seine Virtuosität heftete ihm Flügel an die Fersen. Im Finale trug es ihn aus der Kurve, er schlug fortissimo die Akkorde daneben und lief deutlich vor dem Orchester ins Ziel ein.

Der Saal tobte. Der Pianist war zweifelsfrei Sieger beim Publikum. Szell hatte es überzeugen wollen. Horowitz hatte es überwältigt.

Donati fuhr auf einmal sehr langsam. Wirklich? Er hatte geschmissen und wurde bejubelt? Das ist unglaublich!

Das ist menschlich. Teufelsgeiger, kennen Sie den Ausdruck? Da steckt alles drin. Wir sagen uns: Das geht doch nicht mit rechten Dingen zu! Der ist besessen, dem dürfen wir nicht verfallen. Trotzdem tun wir's. Vielleicht ziehen deshalb Musikkritiker gern über das leere Virtuosentum her. Aber es ist immer genauso leer oder genauso voll wie der Kopf des Virtuosen. Volodja sagte: Wer mehr als ein Virtuose werden will, soll erst mal einer werden. Nein, dass er gefeiert wurde, erstaunte mich nicht.

Was dann?

Dass er davongerannt war. Nicht einmal bei Toscanini rannte er in diesem Konzert davon.

Wovor hat er Angst?, fragte ich Gordon.

Gordon zuckte mit den Schultern.

Er wusste aber ziemlich gut, was passiert war in den letzten sechs Jahren. Die Anonymität der Großstadt, sagte Gordon, ist etwas für arme und uninteressante Menschen. Die anderen können sich darauf verlassen, dass die Indiskretion tadellos funktioniert. Über zwei, maximal drei Zwischenstationen gelangt jede Information dorthin, wo sie keinesfalls hin soll. Volodja hatte sich wegen seiner Depressionen schon jahrelang regelmäßig mit Elektroschocks behandeln lassen, ohne jeden Erfolg. Nun hatte er einen Psychiater namens Kubie aufgesucht, spezialisiert darauf, Homosexuelle normal zu machen, wie das hieß, Kubie selbst nannte es heilen. Ich vermute, das geschah auf Druck von Wanda. Kubie vertrat die Ansicht, Homosexuelle seien depressiv, weil sie an Schuldgefühlen litten wegen ihrer Perversion. Berechtigte Schuldgefühle, fand Kubie. Ein paar Mal hatte Gordon, als Handlanger getarnt, Volodjas Klaviertechniker zu Horowitz nach Hause begleitet. Dort stand der Flügel, den Steinway ihm nachträglich zur Hochzeit geschenkt hatte, ausgerechnet. Diesen Flügel liebte Horowitz über alles, hieß es. Kaufmann lachte unfroh.

Drei Etagen, eine fürs Gesellschaftliche, eine für Wanda, eine für Volodja. Trotzdem prallten die Eheleute ständig frontal aufeinander. Nachbarn hatten eine gemeinsame Beschwerde bei Horowitz-Toscanini abgegeben. Die Streitereien des prominenten Paars waren bis auf die Straße zu hören. Bei Gordons erstem Besuch lag Horowitz im Pyjama auf einem geblümten Sofa neben dem Flügel, als die Besucher anrückten. Wanda stand bereit, perfekt geschminkt, frisiert und kostümiert, und nahm den Handkuss entgegen. Wenn sie sich etwas wünschen dürfte, sagte sie, würde das Sofa samt Gatte verkauft.

Sie hat auch schon mal verbrennen gesagt, gestand der Techniker Gordon im Lift abwärts. Und zitiert gern Rubinstein, der sich noch immer als Volodjas Freund betrachtet, aber öffentlich verkündet, als Mensch sei Horowitz eine kuriose Mischung aus Arroganz und Dummheit.

Keine zwei Jahre nachdem ich Volodja heimlich backstage beobachtet hatte, war er aus seiner Wohnung in der 94. Straße ausgezogen und hatte sich in einem New Yorker Luxushotel eingemietet. Kubie stellte seinen eigenen Schwager, einen trockengelegten Alkoholiker von Mitte fünfzig, ehemals Banker, als Volodjas Mädchen für alles ab, Finanzen, Neurosen, Termine, Tabletten, Verträge, Hypochondrien, alles.

Wirklich für alles?, fragte Donati.

Kubies Schwager war ein Frauenliebhaber, falls Sie das meinen, das wusste Gordon genau. Der Schwager diente als Sicherheitsschloss. 1950 stolperte Gordon über große Annoncen in den New Yorker Zeitungen: *Weltberühmter Pianist sucht Sekretär und Reisebegleiter. Überdurchschnittliche Bezahlung.*

Natürlich ist das Horowitz, sagte der Klaviertechniker. Er warnte jeden davor, sich zu bewerben. Horowitz wurde trotzdem rasch fündig, und Gordon erkannte den jungen Mann von Mitte zwanzig an der Seite von Horowitz auf Anhieb. Kenneth Leedom hieß er, als Schauspieler nicht erfolgreich, dafür in der Gayszene von New York bis Hollywood, ein hübscher, durchtrainierter Kerl mit Witz und Charme.

Donati hielt an vor dem Tor zu seinem Travertinbunker, machte aber keine Anstalten auszusteigen. Kaufmann warf einen Blick auf das Anwesen, verständnislos und befremdet, als wäre es ein Versuchslabor.

Der neueste Stand der Dinge, als Gordon mich dreiundfünfzig im Seefeld besuchte: Leedom war Volodja als Sekretär zumindest treu geblieben und unverzichtbar für ihn geworden, seit vor zwei Jahren Kubies Schwager überraschend gestorben war. Im Freundeskreis, zu dem auch Gordon gehörte, verschaffte sich Leedom Luft.

Volodja konnte zärtlich und verspielt sein wie ein Kind, aber dann wieder ein Tyrann, vor dem jeder in Deckung ging. Dass er beim Essen an einem Zipfel das Tischtuch herunterzog und was drauf stand auf den Boden krachte, war keine Seltenheit. Leedom machte alles mit, und auf den einschlägig bekannten Partys von George Cukor in L. A. durfte Leedom den nackten Arm um Volodjas Schultern legen. Trotzdem war Horowitz in schlechter Verfassung. Die Kritiken wurden zuerst verletzend, dann vernichtend. Er sei ein Meister der Verzerrung und der Übertreibung, der es nur darauf anlege, sein Publikum zu verblüffen, geißelte ihn Virgil Thomson, der prominenteste unter den Rezensenten. Das Klavierspiel von Horowitz wirke zwar erregend, aber es sei eintönig und meistens falsch.

Gordon meinte, das Doppelleben belaste Horowitz zunehmend. Nach außen verheimlichte er seine sexuelle Orientierung nach wie vor. Er war zu Wanda zurückgekehrt und bot mit noch nicht einmal fünfzig Jahren seinen endgültigen Rückzug von der Bühne an. Wirkte souverän ... Doch dann kam eine Verzweiflungstat ... Sie müssen das Tor aufschließen oder wollen Sie mir den Schlüssel geben?

XV

Wir sollten aufhören, über ihn zu reden, sagte Kaufmann, als er die Autotür öffnete. Sonst sind wir außerstande, ihm nachher zuzuhören.

Sie haben recht, sagte Donati. Wir sollten damit aufhören.

Dann standen sie beide neben dem Wagen, einer rechts, einer links davon, und schauten hinunter zum Haus und zum Wasser.

Der See streckte sich reglos aus, die Bäume am Ufer trugen lichtgrünes Laub. Es war trocken, hell war es nicht. Am Himmel zog keine Wolke dahin. Starr und undurchsichtig weiß lag die Decke oben.

Die zwei Männer warteten, ohne zu wissen, worauf. Ein leichter Wind kam auf. Sacht bewegten sich die jungen Triebe und Blätter. Da ließ ein abendliches Frühlingslicht den See schimmern. Beide konnten den Blick nicht wenden.

Meine Mutter hatte mich mitgenommen auf die einzige Wallfahrt ihres Lebens, sagte Donati, nach Kloster Einsiedeln. Ich war vielleicht zehn. Über eine Stunde lang betete sie die Schwarze Madonna an. Sie kniete, ich saß auf der Bank. Auf einmal drehte sie den Kopf zu mir. Siehst du es, jetzt lächelt sie, sagte sie. Ich sah nichts.

Aber nun verstehe ich, was sie gemeint hat.

Kaufmann und Donati sogen dankbar die Luft ein, als würde sie in diesem Licht besser riechen. Dann setzten sie sich gleichzeitig in Bewegung Richtung Hauseingang.

Das Opfer lag filzig graubeige mit einer bräunlich eingetrockneten Blutspur am Kopf direkt neben der Tür in der Mausfalle. Donatis Rücken wurde steif, er ließ den Schlüssel sinken, stieß die Falle mit dem Fuß weg und keuchte.

Das Keuchen legte sich erst, als er neben Kaufmann vor dem Fernseher saß. Beide hatten ein Plaid über den Knien und ein Glas Rotwein vor sich und blickten auf den noch dunklen Bildschirm, Übergröße, das Neueste und Beste. Nichts war zu hören außer den Schluckgeräuschen und dem Sirren des Heizradiators. Da schlug die Standuhr. Donati hatte sie sofort aufgezogen.

Die Verzweiflungstat, sagte er. Bitte.

Wir wollten doch aufhören, über ihn zu reden, sagte Kaufmann. Aber gut, das ist Ihr Haus. New York ist ein Kaff, behauptete Gordon damals. Kürzere Wege gibt es in keinem Schweizer Kuhdorf. Die Schwester seiner Vermieterin arbeitete in der Verwaltung einer psychiatrischen Privatklinik. Es war genau die, in der Horowitz gelandet war. Aversionstherapie nannte sich das Ganze, eine Erfindung von Verhaltenstherapeuten. Die sagten sich: Jedes unerwünschte Verhalten ist erlernt, also kann es wieder verlernt oder, sagen wir, systematisch abtrainiert werden. Die Aversionstherapie beruht auf dem Prinzip der Konditionierung. Alkoholiker, Junkies jeder

Sorte, Fresssüchtige, Magersüchtige, aber auch alle mit sogenannten sexuellen Deviationen …

Bitte kürzer, sagte Donati. In einer halbe Stunde müssen wir in Moskau sein.

Kaufmann stand auf und ging Richtung Haustür. Keine zwei Minuten später ließ er die tote Maus in Donatis Rotweinglas fallen.

Donati schrie.

Kaufmann setzte sich. Das war die Version für Alkoholiker, die schon in der Antike praktiziert wurde. In den fünfziger Jahren unseres Jahrhunderts arbeitete man mit moderneren Methoden. Einer aus dem *Kreis* wusste Bescheid, leider sehr genau. Das Gerät hieß Konvulsator und stammte aus Deutschland, ja, auch das noch, von Siemens. Man zeigte dem Patienten … Patienten? – gut, lassen wir's – Bilder von nackten Männern, und gleichzeitig verpasste ihm der Konvulsator einen Stromschlag. Bei Bildern von nackten Frauen bekam er keinen.

Warum tat Horowitz sich das an?, würgte Donati heraus.

Kaufmann nahm das Glas mit der Maus, erkundigte sich nach dem Weg zur Toilette und kehrte mit dem leeren ausgespülten Glas zurück.

Sie erwarten doch nicht … Donati sprang auf.

Als er sich, ein Glas Wasser in der Hand, wieder in den Sessel fallen ließ, hechelte er. Warum? Bitte, wa – rum?

Offenbar war ihm das lieber als Fragen nach der Kindheit oder eine Paartherapie mit Wanda, vielleicht schien es ihm auch schnelleren Erfolg zu versprechen. Jedenfalls wollte er loswerden, was für den Psychiater die Ursache seiner Depressionen war. Für Wanda war es eine von Volodjas Charakterstörungen und für die meisten Amerikaner eine Krankheit. Für die WHO ist es jetzt, im Jahr sechsundachtzig, noch immer eine, im offiziellen Manual findet sich Homosexualität unter der ICD-Nummer 3020, falls Sie nachschlagen wollen.

1957 erfuhr ich aus der Zeitung, dass Mitropoulos als Chef der New Yorker Philharmoniker abgesetzt worden war. Führungsprobleme, hieß es offiziell, hintenherum war bis Zürich von Intrigen und Machtkämpfen die Rede, das Orchester wurde bei Insidern nur Murder Incorporated genannt. Mein Freund Rolf vom *Kreis* sagte: Ach was, Schwulenhatz. Mitropoulos war nicht der Vorsichtigste.

Volodja betrat schon seit 1953 kein einziges Konzertpodium mehr. Mutmaßungen über die Motive seines Rückzugs ließen ihn kalt.

Die Standuhr schlug.

Moskau ruft, ich weiß, sagte Kaufmann. Nur so viel noch: Losgelassen hat Volodja mich auch in dieser Auszeit nie. Gab es eine neue Studioaufnahme, war ich der Erste in Zürich, der sie kaufte. Und dann dieses Comeback nach zwölf Jahren im Mai 1965. Es wurde direkt aus der Carnegie Hall übertragen. Das Eröffnungsstück war Busonis Version der Orgel-Toccata samt Fuge in C von Bach. Er hatte sie zum Aufwärmen vor mehr als vierzig Jahren beim Examen in Kiew offenbar einfach so hingeblättert. Das musste tief drin stecken, eine sichere …

Moskau, denken Sie an Moskau, stöhnte Donati.

Ich zuckte zusammen wie bei einem Donnerschlag,

als Volodja im ersten Takt patzte. Ich weinte, als er die letzten Takte von Schumanns großer Fantasie spielte und die Stille in der Carnegie Hall breit wie die Limmat aus meinem Radio strömte. Nein, er ließ mich nicht los. Ich brüllte sein Foto an, als ich aus einem Brief von Gordon im Januar 1970 ein Clipping zog, es war, glaube ich, die *New York Times*: *Sonia Horowitz (40) died in Italy by suicide.* Und als ich las, dass er Konzertgagen bis zu 45 000 Dollar kassierte und für die Übertragung von Rachmaninows Drittem das Zehnfache, war ich beunruhigt. Geldgier hat für mich etwas Verzweifeltes. Vor vier Jahren ungefähr entdeckte ich bei meinem Zahnarzt im *Spiegel* einen langen Beitrag über Horowitz, am Ende wurde er selbst zitiert. *Es gibt nur jüdische, schwule und schlechte Pianisten.* Das letzte Wort hatte der Journalist: *Horowitz ist weder schwul noch schlecht.* Das beunruhigte mich noch mehr.

1983 bekam ich mit, dass er zum ersten Mal in seinem Leben in Tokio auftrat. Die Klatschpresse konnte das Maul nicht voll kriegen: Der Gott des Klaviers fordere seinen Tribut. Rund um die Uhr eine Luxuslimousine mit Chauffeur. Eine Suite für 12 000 Dollar pro Nacht, in die eine Küche eingebaut werden musste, und weil das mit den neuen Gesetzen zum Feuerschutz Probleme gab, mussten neue Tapeten geklebt und neue Böden verlegt werden. Die Gage von Horowitz, Fernsehrechte inklusive, war angeblich siebenstellig. Direkt nach dem Konzert wurde das Götterbild mit Wollust gestürzt, von der gesamten Presse. Ein kaputter Greis. Die Trümmer eines Idols. Ein Wrack, das seine einstige

Größe zu Geld machen will. Jedes Foto, das mir unter die Finger kam, studierte ich mit der Lupe. Volodja war am Ende, körperlich und seelisch. Das Gesicht eine groteske Grimasse, die Haltung aus dem Leim, die Gesten täppisch, der Bauch schwappte über den Gürtel. Auf manchen Schnappschüssen schaute er wie aus den Tiefen der Demenz. Wanda war ihm aus gutem Grund nachgeflogen. Dass Leedom ihn schon 1955 verlassen hatte und seither selig mit einem Theatermann zusammen hauste, hatte mir Gordon noch verraten. Er war längst tot, jung gestorben. Doch ich erinnerte mich an unsere Diskussion über Medikamente gegen Depressionen. Besser als Elektroschocks, fand ich. Und was Gordon dann über Nebenwirkungen von den in Amerika propagierten Psychopharmaka, Tranquilizern und Stimmungsaufhellern ...

Donati wippte mit den Füßen. Sie schleichen um den heißen Brei herum. Horowitz hat doch sicher wieder in Europa gespielt. Wann und wo haben Sie ihn gesehen?

Vor weniger als sechs Monaten, im November fünfundachtzig, an der Mailänder Scala. Ich hatte ihm zwei Jahre vorher zu seinem Achtzigsten geschrieben. Er reagierte überhaupt nicht. Was im Zusammenhang mit dem Geburtstag über das Ehepaar erschien ...

Kaufmann beobachtete die Füße von Donati und schluckte hinunter, was schon auf der Zunge lag.

Für Kaufmann hatte sich fast jeder Artikel gelesen wie der Bericht über einen Stellungskrieg von 1917. Zwei Armeen, die sich auf offenem Acker gegenüberstanden, um sich sehenden Auges zu zerfleischen. Doch welche

Mächte hatten Wanda und Volodja in die Schlacht geschickt und trieben sie als alte Menschen noch immer an? Kaufmann glotzte auf den schwarzen Bildschirm, und der glotzte zurück.

Horowitz machte also keinen Muckser. Trotzdem sind Sie nach Mailand gereist. Was haben Sie sich davon versprochen?

Kaufmann trank Schluck für Schluck für Schluck sein Glas Rotwein leer.

Moskau, bitte denken Sie an Moskau, sagte Donati.

Machen wir's kurz: Ich bin in einem Alter, wo man aufpassen muss, nicht sentimental zu werden. Das Fatale ist nur, man sehnt sich zunehmend nach Rührung. Bei der Rührung rührt sich was, und das tut gut, wenn einen das Starrwerden ängstigt.

Es war mühsam gewesen, eine Karte zu ergattern, es lief nur über prominente Drähte. Meine Karte war Puccinis Enkelin zugesichert worden, schweineteuer. Er räusperte sich, und man hörte, dass es überflüssig war.

Sie waren noch nie in der Scala? Jeder erschrickt beim ersten Mal, wie eng und hoch und steil sie ist, viele sind auch enttäuscht. Wer im Parkett halbwegs vorn sitzt, läuft jedem anderen dort über den Weg. Lässt sich gar nicht vermeiden. Alt geworden, dachte ich, als ich Wally Castelbarco zuwinkte. Dass sie schon zweiundachtzig war, fiel mir nicht ein.

Sie starrte mich an, schüttelte den Kopf, trat näher auf mich zu, schüttelte wieder den Kopf. Volodjas Schüler?, fragte sie schließlich. Ich nickte. Pardon, dass ich nicht schneller geschaltet habe, aber Sie sind doch ... stark gealtert. Wie es ihm geht? Ich habe kein Mitleid mit ihm. Mein Mitleid galt Sonia, und der hat es nicht geholfen. Mein Schwager ist nicht einmal zur Bestattung seiner Tochter in unserer Familiengruft angereist. Der große, große Horowitz, er kann gottfroh sein, dass ich nichts sage …

Kaufmann hob die Hände, als müsste er etwas entschuldigen, und sagte: Auch sie ganz Toscaninis Tochter. Obwohl …

Die Standuhr schlug.

Donatis Stimme klang höher als gewohnt. Wir haben noch eine Viertelstunde. Also, was blieb?

Ein Schmerz und ein Glück. Der Schmerz war billig, nennen Sie ihn Kränkung. Auch auf meine Nachricht, die ich vor Ort im Hotel Savoy hinterlassen hatte, keinerlei Reaktion. Das Glück?

Es war achtunddreißig Jahre her, Carnegie Hall, dass ich ihn das letzte Mal erlebt hatte. Jede Aufzeichnung im Fernsehen und auch dieses Feature über ihn im Jahr zweiundachtzig hatte ich gemieden. Als er mit schnellem Schritt auf den Flügel zuging und nur sekundenkurz ins Publikum grüßte, um den Anfang hinter sich zu bringen, war eines sofort klar: Horowitz war wiederauferstanden. Der Cut saß, die Weste spannte nicht, da gab es nichts, was schwammig oder aufgedunsen war. Er war so präsent wie seine mageren Hände, die noch immer zupacken konnten, als wären sie zwanzig. Aufrecht und ruhig bis zu den Ellenbogen saß er an den Tasten und machte deutlich, was es für ihn hieß, virtuos zu sein: Freiheit. Verstehen Sie das?

Verstehe ich nicht, sagte Donati.

Die Freiheit, alles ausdrücken zu können. Sich in Sekundenbruchteilen zu verwandeln, von einem Mörder in einen Engel und von einem Engel in einen Wolf und von einem Wolf in Maria Callas.

Und was war mit Wally? Was wollte sie über ihn loswerden?

Wir sollten aufhören, über ihn zu reden, sagte Kaufmann.

Donati holte seine Beine auf den Sessel und saß, das Plaid bis zum Kinn hochgezogen, den Kopf auf die Knie gelegt, da wie ein krankes Kind. Gut, hören wir auf.

Kaufmann schloss die Lider. In der Pause hatte er in der Scala an der Bar gestanden, als aus nächster Nähe eine Frauenstimme rief: Hallo, everybody's darling.

Kaufmann hatte sich umgewandt. Wally Castelbarco reckte ihren Kopf zu ihm herauf. Ihre Lippen waren kirschrot und schienen zu lächeln. Ihre Augen unter den drohenden, noch immer schwarzen Maestrobrauen, lächelten nicht. Everybody's darling. Das waren Sie wohl immer. Sie haben keine Ahnung, wie das ist, wenn ein Mensch sein Leben lang um Anerkennung buhlt und sie nirgendwo bekommt. Je erbitterter er sie einklagt, desto energischer wird sie ihm versagt.

Sie ließ sich zum Champagner einladen und erzählte von ihrer Schwester Wanda. Nicht nur der Vater sei es gewesen, der bei ihr alle Hoffnungen, jemand zu werden, zerschlug. Auch Horowitz habe jede Seifenblase platzen lassen. Keine Bewunderung, keine Rücksicht, keine Rosen und keine Verbeugung, kein Kompliment für das neue Couture-Kleid, kein In-den-Mantel-Helfen, nicht einmal die banalsten Gesten eines Kavaliers hatte er ihr gegönnt. In der Toscanini-Villa in Riverdale hatte Wanda als Toscanini verkleidet mit Toscaninis Schnurrbart auf Toscaninis Flügel einen Stepdance hingelegt. Die Partygäste lachten. Der Vater und der Ehemann hatten sich in der oberen Etage verschanzt, bis der Applaus verebbte.

Journalisten mokierten sich, dass Wanda auf Fragen, die ihrem Mann gestellt wurden, vor ihm antwortete. Sonst, sagte Wally Castelbarco, käme sie doch nie zu Wort. Es gebe viele Arten ungestillten Hungers. Aber der nach Anerkennung sei mörderisch. Gräfin Castelbarco stellte fest, dass Kaufmann an ihren Lippen hing, und erwartete ein zweites Glas Champagner. Das meine sie übrigens wörtlich, das mit dem Mörderischen. Das Gefühl der Demütigung sei der Grund für fast alle Kriege auf der Welt.

Kaufmann hatte Wallys kleine Hände umklammert und Madonnamia gesagt. Ungebrochen drang die Stimme der greisen Wally, geborene Toscanini, verheiratete und geschiedene Gräfin Castelbarco, weiter auf ihn ein. Ihr Vater habe Wanda herabgewürdigt, und dann sei es in der Ehe genauso weitergegangen. Kaufmann wollte daran erinnern, wie Wanda mit Volodja umsprang, doch es waren ja zwei Armeen, die sich im Stellungskrieg gegenüberlagen, und keine wich zurück, und jede hielt sich für gedemütigt.

Meine Schwester ist hart geworden, aber Volodja genauso. Wer sich gedemütigt fühlt, der fühlt sich enthäutet und zieht einen Panzer über.

Da hatte Kaufmann ihr die Hand geküsst, nein: beide Hände, und sich entschuldigt, ohne dass Wally verstand, wofür.

Damals, in Mailand, im November 1985, mit fast siebzig Jahren, ahnte er zum ersten Mal, was Wanda empfunden hatte, als drei Jahre nach der Hochzeit ihr Mann einem Mann jene Blicke schenkte, die sie brauchte.

Da ist er, sagte Donati.

Der Saal war wuchtig und sehr hell und bis zu den Rändern voll mit schweigenden Menschen in russischer Festlichkeit. Ihr Schweigen und ihre Festlichkeit wirkten fordernd und verschlossen zugleich.

Hat er dort noch Familie?, flüsterte Donati.

Sie wissen ja, er hat sie vor sechzig Jahren verlassen. Die Schwester starb vor einem Jahr, er kam zu spät. Neffen, Nichten? Vielleicht.

Schüchtern tastete sich Horowitz auf das Podium, tätschelte seinen vertrauten Flügel, presste die Lippen aufeinander, zerrte die Augenbrauen hoch, als müsste er sicher sein, nicht zu träumen, blickte ins Publikum, ratsuchend oder hilfesuchend. Kaum saß er, fing er ohne Atempause an zu spielen, was hier wenige kannten, was weit weg lag, so weit weg wie Venedig: italienische Barocksonaten, Scarlatti. Die Kamera fuhr über die Gesichter im Saal. Überraschung ging darin auf. Dieser Ton, damit hatte niemand gerechnet, zerbrechlich und verletzlich und tieftraurig. Die Gesichter waren nun weit geöffnet; nichts mehr konnte sie schützen vor dem, was kommen würde.

Die beiden Männer saßen in ihren Sesseln so reglos da wie alle dort im Saal und wunderten sich wie alle dort über den alten Mann, der mit jedem Stück, das er begann, kindlicher wurde und unbeschwerter und den falsche Töne nicht irritierten, weil sie auch sonst keinen irritierten.

Er lächelte zwischen den Stücken, ein alter Zauberkünstler, der es noch immer konnte und dessen Geheimnis keiner durchschaute.

Rachmaninow Prélude in gis-Moll, verkündete der Untertitel auf dem Bildschirm. Kaufmann beugte sich vor, als hörte er dann genauer. Der Ton war fast unerträglich schön. Im letzten Teil, wo das Thema in der linken Hand lag, überkreuzte Horowitz die Hände und schlug das dis an, das er eine halbe Minute schwebend erklingen ließ.

Kaufmann schielte, ohne den Kopf zu bewegen, auf den Mann an seiner Seite, der nicht wusste, was ein dis war und warum man Hände überkreuzte.

Donati hockte da mit offenem Mund, als fielen vier Jahrzehnte von ihm ab und alles, was ihn seither am Staunen hinderte.

Die Standuhr schlug in Skrjabins Etüden. Keiner hörte sie.

Die Standuhr schlug in ein Schubert-Impromptu und in ein Petrarca-Sonett von Liszt, und zum Abschluss schlug sie in Chopins Polonaise As-Dur. Keiner hörte sie.

Die erste Zugabe war fällig. Horowitz spielte ein paar Akkorde an und lachte. Er lachte, wie vielleicht einmal früher, daheim bei seiner Mutter, und ohne Angst, dass ihm irgendjemand irgendetwas verbieten könnte.

Bei den ersten Tönen von Schumanns Träumerei erhob sich Donati.

So verharrte er bis zum Schluss, als die Kamera verriet, dass Horowitz weinte. Und dass er links in den Flügel griff, wo zusammengefaltet sein großes weißes Taschentuch lag. Und dass er sich die Tränen wegschnäuzte und den nassen Lappen zurücklegte.

Donati stellte das Gerät aus.

Er drehte sich nicht um zu Kaufmann, er redete in das dunkle Geviert hinein.

Als er spielte, verlor er die Angst. Die Angst vor dem Tod?

Unsere Angst ist weniger die Angst vor dem Tod als die Angst, nicht richtig zu leben, sagte Kaufmann.

Hat er geweint, weil er an das dachte, was er getan hat?

Ich glaube, weil er an das dachte, was er nicht getan hat. Übrigens: Sie könnten nach Berlin fahren. Dort spielt Horowitz am 18. Mai.

Donati wandte sich um. Ich hätte Grund dazu. Er ist Muslim und lebt in Berlin. Wäre ich tot, hätte er das Haus hier geerbt. Wenn seine Familie dahinterkommt, dass er einen Mann liebt, werden sie einen von uns umbringen. Oder alle beide. Ehrenmord nennt sich das.

Ich dachte, Sie hatten ohnehin schon vor zu sterben, sagte Kaufmann.

Die Nacht am See war still, und als die Amseln zu singen anfingen, wehte durch die offenen Fenster die erste warme Luft des Jahres herein.

Um acht stand Kaufmann auf der Fahrerseite seines alten Peugeots, Donati lehnte im Türrahmen.

Was sagen Sie zu meinem Haus?

Ich würde es an Ihrer Stelle verkaufen oder verschenken. Aber bitte nicht an mich.

Kaufmann schloss die Tür seines Wagens auf. Als er sich hineinsetzen wollte, fragte Donati: Was wollten Sie mir eigentlich zeigen?

Kaufmann richtete sich auf, drehte sich noch einmal um und sagte: Die Möglichkeiten.

Danksagung

Danken will ich denen, ohne die dieses Buch nicht entstanden wäre: Frau Bettina Stehli (Stiftung Nico Kaufmann), dem Schweizerischen Sozialarchiv und der Zentralbibliothek Zürich für die Einsicht in den Nachlass Nico Kaufmanns – seine unveröffentlichten Memoirenfragmente und die Briefe, die ihm Vladimir Horowitz zwischen 1937 und 1939 schrieb, schenkten die Anregung zu diesem Buch und bilden seinen Kern. Und meiner in jeder Hinsicht hochmusikalischen Wegbegleiterin, vulgo Lektorin, Cornelia Künne, die neben immensem Sachverstand jenes feine Gehör für jeden nicht ganz stimmigen Viertelton mitbringt, von dem man als Schreibende nur träumen kann.